U0061689

詩詞入門

徐晉如　著

JPC

目錄

導讀

　　中國一向是詩的國度，從《詩經》以來數千年間，詩歌就一直廣泛流傳並深入地影響著社會。自先秦兩漢到魏晉南北朝之際，四言詩與五言詩，以至《楚辭》與樂府詩，普遍流行於宮廷宗廟與騷人墨客之間，並且深入到社會各階層之中。隋唐到兩宋以來，唐詩宋詞的藝術魅力與所達到高度的藝術成就，更成為超越一代，足以光耀百世的文化圖騰。自此詩歌一直對於傳統文化藝術與社會生活，不特有著極為重大的影響，而且佔有著極其重要的位置，成為深入社會影響生活的一環。

詩歌創作與香港社會

　　從傳承詩學與詩歌創作文化的角度而言，香港不獨是激揚風雅的重鎮，更是詩人薈萃的閫域。從香港開埠之初，本地風雅傳承便未嘗中輟。不獨詩壇上人才輩出，加以大量文人南來，兼之粵語保留中古音系四聲，於分辨平仄上佔盡優勢，令本地傳統詩歌創作風氣鼎盛，詩壇上名家輩出之外，詩詞創作風氣更得以一直盛行不輟。除了文化上的風雅傳承之外，本地大專院校大多在詩詞研讀課之外，又開設專門講授詩詞寫作方法的課，令本地詩歌寫作風氣不但相沿不替，更能不斷培育年青一代參與創作。

　　在倡言詩教的今日，無論從詩詞學習或語文教學角度來說，抑或就有志於親炙風雅的個人興趣而言，儻若希望能進一步欣賞與體悟詩詞之美，或是冀能深入詩歌藝術堂奧，甚

至有意投入詩詞創作之列的話，對於詩歌創作形式與藝術上的種種要求，便都有切實認識以至加深了解的必要。這本由徐晉如先生所撰寫的《詩詞入門》，便正是帶領我們進入詩歌藝術國度，藉以認識詩歌創作形式與藝術要求的一把鑰匙。

本書的寫作內容

正如作者在後記中所說明，本書原屬連載於《中華讀書報》的「怎樣學寫古詩詞」專欄文字。作者其先有針對大學中文系同學的《大學詩詞寫作教程》一書，這本《詩詞入門》則針對詩詞零基礎的內地讀者。在《詩詞入門》一書中，作者以平易親切的語言，在娓娓而談中分享對於作詩的個人體會之外，又簡明扼要地先後介紹了詩詞的格律要求。在豐富而生動的例證舉述中，作者分別說明了詩詞的平仄與押韻，也教人從《聲律啟蒙》一類學習聲律的入門書中，熟習平聲韻部、培育對仗意識和了解常見典故。對於平仄的掌握，作者提供了兩個具體的方法：一方面教人從喻守真的《唐詩三百首詳析》一書內詩句的平仄標示，去認識字音的正確平仄；另一方面又可以通過屬對練習 —— 即書中所稱「對對子」去掌握平仄。對於以北方話為母語，因語音系統去古已遠而難以輕易掌握字音平仄；或是未接受過辨別聲調訓練，而希望能切實掌握區分字音平仄的人來說，作者所提供的這兩個學習分辨平仄的方法，相信是較簡易可行的學習方法。

此外書中又先後對古近體詩的詞藻、格律、用韻、對仗、章法與一般作法，以至空間、意象與虛實等問題，透過

舉例說明深入淺出地一一介紹。對於詞的性質與詩詞風格之別，以至詞的發展與詞譜的介紹，及詞的分句分片，到學詞的步驟與用筆等問題，在本書最後部分也有簡明扼要的心得分享。正如作者在本書後記中所點出，本書說詩論詞，都圍繞何敬群先生《益智仁室論詩隨筆》中的詩學思想展開；本書所講授的學習方法，則依朱庸齋先生《分春館詞話》而來。作者亦提到因有《分春館詞話》珠玉在前，故此在詩詞寫作介紹方面，內容上會出現詩詳而詞略的情況。

本書的寫作特色

在文筆方面，本書寫作特色在於作者以親切的語言，在彷如與讀者對談中，簡明扼要地帶出詩歌創作各方面的問題，讀者在作者娓娓而談當中，便得以漸次認識到寫詩填詞的各種特點與要求。相信這與本書內容，來自面向一般市民的深圳圖書館講座一事不無關係。

此外全書在結構上不細分章節，僅每節立一標題，與一般詩詞寫作介紹讀物結構上分門別類，從聲律辨析說明，到作法上詩分近體與古體，進而說明填詞要求的系統架構頗異其趣。這種三十一個標題並列的方式，大抵保留了原先連載於報刊專欄的題目，雖然缺乏成書時的架構體系，然而對讀者而言或可更自由與隨意閱讀，也切合一本旨在提昇讀者興趣的入門讀物的本質。

本書另一特色是，在輕鬆親切的介紹當中，往往不乏作者在詩歌創作方面深刻體會的分享。書中提出不少在創作上出於實際經驗的甘苦之談，如指出作詩最難在於詞藻的匱

乏，以至詩詞在氣質上的分別等問題，這些從長期創作中體悟出對寫詩填詞方面的見解，對於初入門的讀者而言，無疑都是極具參考價值的材料。

正如作者後記中提到，本書原屬連載於《中華讀書報》的「怎樣學寫古詩詞」專欄內文字，是以本書在內容方面，寫作對象主要針對以北方話為母語的讀者，故此對於聲調辨析介紹方面，側重於說明如何掌握普通話所缺乏的入聲，對於掌握每個字本身聲調方面則從略。

在寫作風格方面，本書與其他詩詞寫作入門書頗有不同的是，在說明詩歌創作問題時作者每愛以指瑕的方式，從抨擊時下一般人對詩學的無知或誤解入手，在匡謬中開展對於各種寫作問題的意見發揮，故此在內容上便雜入了大量指出當下詩壇或學界，以至社會名人對詩詞寫作的普遍認知錯誤等問題。這種側重從反面教材入手闡述詩歌創作問題的寫作手法，既是作者的一貫風格，也是本書的一大特色。

相對於一般詩詞寫作入門書來說，本書在內容上加入了大量的生活事例來協助闡釋問題，如書中屢以學習書法比諸學詩，便是受朱庸齋先生以學書法一樣學填詞觀念影響下的說詩方法。這種生動比喻，令說明詩學問題時得以更加生活化，也可令讀者更感親切。

對本書內容上的補充

正如以上所指出，本書在區分平仄問題，尤其在如何具體辨析聲調方面，事實上在有關部分說明得較為簡略。推其原因大抵基於本書原針對以北方話為母語的讀者，一方面因

內地推行普通話的同時輔以漢語拼音學習，讀者對聲調辨析普遍都長期注重，故此本書對一般辨析聲調問題從略。另一方面因普通話欠缺入聲，在入聲都歸到平、上及去三聲的情況下，北方話讀者不容易簡單辨析詩詞中每個字的聲調，故此惟有提出藉細看喻守真《唐詩三百首詳析》內平仄標示，及從對聯格律上安排去檢定平仄。

作者在書中所提供的這些辨析平仄方法，雖然在實際運用及學習上都有不少局限，但對於語音系統去古既遠，相對較困難準確分辨平仄的北方話讀者而言，不失為一種提供權宜之法的建議。對於以粵語為母語的本地讀者而言，事實上可以有更簡單便捷的方法輕易掌握每個字的平仄。以下即針對本地大多數以粵語為母語的讀者，從基本語音知識角度，補充一些可以藉著粵語發音準確分辨字音平仄，甚以掌握粵語九聲的切實可行方法。

（一）粵語與詩詞格律的掌握

唐宋以後漢語語音從中古音發展到近代音，粵語語音系統仍然緊密承傳著六朝隋唐到宋以來的語音系統，現代粵音不但在聲調上保存平、上、去、入四聲的區分，而且每類再分陰陽兩類，加上入聲多出中入，總共有九個聲調。現代粵音在聲調上與中古音緊密對應，不但有利學習傳統文獻及欣賞唐詩宋詞[1]，更令以粵音為母語的詩詞創作者，可以更準確地辨析平仄，從而能夠針對詩詞格律充分發揮而寫出合度的作品。

---

1 有關粵語語音體系與中古語音的傳承關係，及粵音聲調上保留傳統四聲清濁而發展成現時粵語九聲等具體說明，以至粵音如何有助學習傳統文獻與欣賞詩詞的問題，詳見劉衛林與蘇德芬編著：《香港生活粵語教程》（香港：商務印書館〔香港〕有限公司，2021 年）下編第十課內「粵語語音體系與中古語音的傳承」、「粵音與對傳統文獻的學習」與「粵語與詩詞的理解與欣賞」等的說明。

（二）粵音九聲與平仄的區分

對於本地以粵語為母語或掌握粵語的讀者來說，可以透過粵語從以下兩方面去掌握字音的平仄，以至準確把握傳統四聲與粵音九個不同聲調。

甲、從字典辭書中掌握聲調與平仄 —— 最簡單也最基本要知道的方法，便是從翻檢字典辭書中掌握每個字的聲調及平仄。對於詩詞中各字所屬平仄的掌握，基本上都從字音聲調的辨析入手。最直接可行的方法是通過字典辭書的檢索，查出每個字的準確讀音，知道所屬聲調，便可掌握一個字所屬是平聲或仄聲。現時一般本地字典都附有粵音標注，只要根據所標示的調號，便能準確得知每個字的聲調。以本地通行的字典辭書，如《商務新詞典》為例，「起」字的粵音標示是「hei2^2」。

起 （qǐ）粵 hei^2〔喜〕❶起立。如：拍案而起。引申為聳立。如：孤峯秀起。❷

粵音標音右上角的「2」便是調號，由此知「起」字的聲調在粵音讀第二聲，亦即陰上聲。

以下是一般字典辭書中以數字標示的調號，與粵音九個聲調對應的表列：

2　粵語注音標示有多種不同系統，有些字典辭書從調值上考慮，僅以調號 1 至 6 標示九個聲調，也有以其他方式如調型標示的。詳情請參考《香港生活粵語教程》上篇第八課內「粵音聲調的辨析」的說明。各種不同粵語聲調標示，可參考書後附錄「粵音系統對照表」內開列各種系統。

調號	1	2	3
調類	陰平	陰上	陰去
調號	4	5	6
調類	陽平	陽上	陽去
調號	7	8	9
調類	陰入	中入	陽入

知道所屬調類後，便可明確得悉每個字所屬平仄。正如本書內所提到，除了平聲之外，其餘上聲、去聲、入聲都屬於仄聲。如果查看字典辭書中所標示的調號數字的話，聲調上的平仄區分可表列如下：

	平聲	仄聲
調號	1、4	2、3、5、6、7、8、9
調類	陰平、陽平	陰上、陰去、陽上、陽去、陰入、中入、陽入

簡而言之，只要記得查出調號是 1 或 4 的屬平聲，其餘都屬仄聲，便可以此明確分辨每個字的平仄。

乙、以「天籟調聲法」準確辨別聲調 —— 其次是可以利用通稱「天籟調聲法」的方法，將粵音九個聲調，通過簡單調聲練習直接在唇吻之間讀出。所謂「天籟調聲法」，是藉著掌握一二字例在讀音上的聲調變化，在熟習例子的聲調高低長短變化規律後，便可推廣用於辨析任何字聲調的一種簡單而有效的聲調區分方法。

以下是「天籟調聲法」常用的調聲字例及調聲次序的表列：

	陰平	陰上	陰去
第一遍	詩	史	試
	陽平	陽上	陽去
第二遍	時	市	事
	陰入	中入	陽入
第三遍	色	錫	食

　　具體方法是依先後將以上例字分三遍清楚讀出，即「詩、史、試；時、市、事；色、錫、食」。在讀出各字的發音過程中，仔細分辨各字在聲調上的九種變化。熟習以上例子發音變化後，便可套用到任何字之上，準確找出這個字的聲調及平仄。例如要知「忍」字聲調，便可依上例聲調變化，讀出「因、忍、印；人、引、孕；一、□（jɐt8）、逸」九種聲調。「忍」字在第一遍第二個位，故此清楚知道屬於陰上聲，也就是一個仄聲字。

　　「天籟調聲法」可以十分準確地找出一個字的聲調，在實際運用上則要注意以下兩點：

　　1.　不屬於鼻音的字沒有入聲。如以上例子中「詩」不屬鼻音字，故實際上只有「詩、史、試；時、市、事」六個聲調，「色、錫、食」其實是鼻音字「星、醒、勝」等的入聲。

　　2.　調聲時往往會遇上有音無字的情況，如以上所舉「忍」字的中入聲（jɐt8）便是。

　　無論從字典辭書檢索中掌握聲調與平仄，或是藉著「天籟調聲法」，透過簡單調聲練習，直接在唇吻之間讀出不同字的聲調，要真正分辨每個字的九聲與平仄的話，還要注意對字音的準確掌握，尤其一個字在不同解釋、不同用法以至不同詞性之下，經常出現不同的讀音，往往便會影響到有不同的聲調。這是在透過聲調辨析區分平仄時，特別要加以注意的地方。

後記

　　認識作者徐晉如先生是在 2007 年，擔任第二屆穗港澳大
學生詩詞大賽評判，到中山大學參加詩賽總評會議時的事。
徐先生是著名詩人兼學者與書法家陳永正（號沚齋）教授的
弟子。沚齋先生與我相識多年，不但長期同任海內外詩賽評
判，先生來港又輒囑代邀本地詩壇老宿敘舊，是以每多親
炙。其時徐先生師從沚齋先生攻讀博士，而深好舊體詩詞創
作。因能辨別聲律，故寫作詩詞於諸生中尤為傑出。所呈上
之《大學詩詞寫作教程》，不特析論全面，於詩詞寫作之道
亦多有創見，允為年青輩中尤其出類拔萃者。今再讀其《詩
詞入門》一書，益欣賞其能以深入淺出的文筆點明詩律與詩
法等重要問題，尤其難得是多有個人創作路上深刻體會的分
享。這些融會學問與經驗之下所抒發的見解與體會，在剖析
詩詞創作種種細節上的真切與深入，遠非一般泛泛而論的詩
詞寫作讀物可比，個人以為這正是本書最大的價值所在。

　　為切合本地讀者閱讀及學習，導讀部分除闡明傳承詩學
與詩歌創作文化對於本地社會的特殊意義，及扼要說明本書
各方面特色外，更特意補入從粵語上辨析平仄九聲的具體方
法，令讀者可以在認識九聲的基礎上，對書中所舉述平仄四
聲問題，以至對詩詞格律等各方面都得以切實掌握，由此具
備寫詩填詞最關鍵也最基本的能力。透過以上對於本書的有
關導讀，希望讀者能善用粵語在辨別聲調上的優勢，從掌握
寫詩填詞最關鍵的聲調問題入手，由此得以深入學習書中所
提出的格律知識，領略各種詩法與作詩填詞要求，進而參與
詩詞創作。

　　正如書名所點出，這本屬於詩詞入門的書，旨在引導讀

者從聲調格律等方面對詩詞寫作有一基本認識；亦正如作者所指出，要寫好詩詞的話，尚須長期的努力練習與學習。在學習詩詞寫作的路上，讀者藉著本書得以入門之後，儻要進窺堂奧的話，才情與學問的長期培養及浸淫，是每個有志投身風雅者所必不可少的事。千里之行始於足下，於此謹與諸位詩詞學習路上的素心人共勉。

劉衛林壬寅仲秋謹識於馬鞍山致遠軒

序

2020 年的春天,所有的計劃都被打亂了。因為不便出門,居家的日子除了辦公,便也成就了許多舉炊烹飪的時刻。美食滋潤舌尖,文字溫暖心靈,因為決意要做與眾不同的「煮」婦,所以耳目所及之處的音頻和視頻必須是有意義的,《晉如說宋詞》和《徐晉如:中小學古詩文同步精講》就成為我們母子在這個春天的佳伴。在煙火繚繞的灶旁、在徐徐行進的車裏,聽著晉如兄不緊不慢地講解和吟誦,化解了疫情帶給內心的陣陣陰翳,在旦暮漸暖的春色中想像草長鶯飛抒發思古幽情。

對晉如兄的印象還停留在我們曾經同事的短暫時光裏,1997-1998 年,21 歲的晉如在我任職的中華讀書報社短暫實習過。那時,我並不知道,他是全國自 1952 年院系調整以來,惟一一位在本科期間讀過清華和北大的學子。在北京城南虎坊橋附近我們報社的老辦公樓裏,我和晉如偶爾會碰面,那時的他,總身著一襲長衫,特有的蘇北人的溫潤口音,臉很有棱角,眼神明澈清亮,眉宇間隱逸著些許清絕冷傲。人非常有禮貌,見面時必先稱一句「師姐」,儘管從未和這位學弟在燕園有過交集,但聽來很覺溫暖。他身上沉潛著的舊式文人的古雅氣韻令人印象深刻。

再聯絡時,已是十幾年後。

2016 年冬,我的同事王洪波兄遞過來一本書 ——《長相思:與唐宋詞人的十三場約會》,說是晉如的新作。翻開書,特別驚喜地看到,當年那個愛穿長衫的青年,他的深邃思想和卓越才華在這十三場對唐宋詞人的解說中涓涓流淌,深信

他一定在很多個時刻，確與那些愛欲糾纏的靈魂相遇在唐宋。在書中，他看似閒情逸致、信手拈來，實則厚積薄發、嚴謹不苟地表達著詩詞動人的力量。他款款地以當世詞人的柔軟和溫度將這些美好相遇訴與更多人知曉，每每讀之，都極富畫面感。無論是從每個字的古發音、到韻腳的抑揚，還是溫飛卿、柳三變、南唐二主的人生際遇，讓人唏噓感慨的是原來在中國古人考究華麗的文辭裏，才子多厄，自古皆然。我更想探究的，也許還有，他們或清雅或淒美的人生故事裏藏著的那一顆顆孤寂的靈魂。

又是一年多後，晉如開始在我編輯的國學版上撰寫「怎樣學寫古詩詞」專欄，前後刊載約一年至 2019 年歲末，就是本書的前身。最初只當是隔週一次的工作，後來變成兩週一次的盼望與學習。晉如以一種了然於胸的自信與從容，字字珠璣地展示著詩詞的無窮魅力。不同於面對深圳大學的課堂和《晉如說儒》的講壇，看得出，這一年的專欄文章晉如是費了一番巧心思的，從平仄到音律到意境，再到文章的可欣賞性和讀者的不同層次，他都悉心周全地考量。晉如下筆行文，陳義高雅，且不失輕鬆活潑，說詩論詞，深入透徹，而又淺近明白，備見功力。他本身就是一位優秀的詩家詞人，深明詩詞創作的甘苦，故能將好詩好詞何以產生，講得明白簡易，啟人至深。相對於時下坊間那些膚淺從俗的講述詩詞作法的書籍，本書更實用、更易學，也更好讀。

在熟知他的師長輩眼裏，晉如是天才英發的思想家。在傳統文化愛好者眼中，晉如是才華罕有其匹的傑出詩人、詞人。他對古文和駢體文的熟稔程度堪比凡人之於白話。晉如說過：「『詩人』一詞，不是在形容一種職業，而是在形容一種人格。」儘管已坐擁百萬追隨者，晉如仍用他無限的深

情與志趣豐滿著這種人格。他研究崑曲、京劇，臨摹漢碑，在課業的選擇上逐夢名師，一切以「熱愛」為鵠的，凡事只從心喚，鄙棄功利。今年初《徐晉如：中小學古詩文同步精講》在喜馬拉雅上線，開播幾個月後依然是免費的，晉如說因為疫情的原因，這個期間都不收費的。在出塵脫俗的詩心之外，晉如還擁有一份入世的慈悲。

　　晉如是一個非常敬重師道的人，雅望清標，他對他的授業恩師，對每一位在他的學術道路上提點過他的老師們都心存感激。他也毫不吝嗇地把這份傳統延續到他的為師之道中。聽晉如解析古詩詞，會被他的音色、他的才情點染，會感受到一種冷眼熱心的對歷史的關照與深耕。依然愛穿長衫的晉如，像一位佈道者，又像一位修復師，不疾不徐地打撈和拼接著那些漸去漸遠的精華碎片。月前看他新著《國文課》的兩章「李杜文章在，光焰萬丈長」，總有振聾發聵之聲。再看他新近寫的《庚子春詞》，總有霽月清風之感。被他多年的堅持與努力深深打動，亦為他恪守獨立學術的清流品格深深折服。

　　「殘萼不離枝上老，憐他紅死紅生」、「數武高楊吹作海，半規春月淡於星」，被今日詞人引領著，隨他的妙筆感受華章中的涅槃寂靜，是於當下讓喧囂的心淡泊下來的一種優雅方式⋯⋯

紅　娟

庚子仲夏

為什麼要學寫詩詞

　　中國是詩的國度，中國古代沒有文人不會作詩，一部中國文學史，幾乎可以和中國詩的歷史畫上等號。

　　新文化運動以後，為著與西方接軌，古代白話小說的地位忽然被擡得極高，但在這些小說創作出來的時候，不要說當時的文人，不要說當時的社會一般輿論，就是作者自己，也大抵不拿它們當回事。這些作者無不對自己的詩詞創作敝帚自珍，認為只有詩詞才是可以傳之千古的不朽之物。

　　中國詩的地位之所以如此崇高，並不是出諸朝廷的政令、皇帝的意旨，而有其深沉的文化原因。

　　孔子說過：「古之學者為己，今之學者為人。」為己的學者，求學問道是為了自己人格的完善；為人的學者，沒有向道之心、希賢希聖之志，問學是為了功名利祿，求知是為了飛黃騰達。學問為己不為人，這一思想極深刻地影響了中國人，以致傳統中國的一切學問，無論經學、諸子、史學、文學，必示人以安心立命之方，必要讓人學成大人君子。

　　人類內心的情感，通過精妙的語言、動聽的聲韻而真誠地表達出來，就是詩。詩必須依賴於真實的情感，最作不得偽，寫詩是最為己的學問實踐，這是中國文學最重視詩的根本原因。

　　孔子曾經教育兒子孔鯉及群弟子要學好詩，因為詩可以感發性情，可以觀察民風民情，可以讓人合群，可以表達心中的怨悱之情，詩能培養出一種溫柔敦厚的性情，持有這樣性情的人，無論是在家盡孝，還是出來做事盡忠，都會應付裕如。至不濟，詩還可以讓人多認識一些鳥獸，多分辨一些草木。

孔子所說的詩，當時僅指《詩經》，但流傳到後世的中國詩詞的精粹，都可作如是觀。詩詞是中國古代文人美好心靈的展示，一個品行卑污的人，不可能成為優秀的詩人詞人。偶有人品不足而詩詞尚可流傳的，至少他們在寫詩填詞的瞬間，心靈還是純淨的美好的。

讀詩學詩，便是與往聖先賢交朋友，便是在傾聽那些美好的靈魂的吟唱。學寫詩詞，更是學習往聖先賢的君子人格的過程。

儒家的經典《禮記》裏有一篇是《學記》，專講學習的問題。文中說道，任何學問都必須要進入到實踐的層面，才算是真能學得通透。比如不學彈奏古琴，就不能真切地理解音樂的原理；不學各色服制如何穿著，就不能掌握禮儀；不學用精美的語言來打比方，也就不能學到《詩經》的真義。所謂「不興其藝，不能樂學」。

儻使學一門學問，只是被動地接受老師的講解、書本的指引，而沒有經過自身的實踐體悟，既不會對這門學問產生真正的熱愛，更不會對這一門學問有著真切的掌握，學問和你的生命成長、人格完成漠不相干。

不少中文系研究詩詞的教授，本身卻一句優美的詩句都吟不出來，只好把鮮活的萬古常新的詩詞當作屍體去解剖，這是何等可悲的事呢？

詩詞是中華文化的瑰寶，當代社會即使存在著對國學、儒學有不同意見的人士，也大抵願意讓孩子從小背誦詩詞的。但光是背誦而不做作，便如習字而不肯臨帖，沒有實踐的經驗、切身的體會，很難領略詩詞的精妙幽微，難以分辨庸情劣韻與天才的高蹈深沉之作孰高孰下。正如沒有臨過帖的書法愛好者，總是容易對甜俗酸醜的字產生好感，卻對高

古質樸的書法敬謝不敏。

今天無論是在大學中文系裏，還是在中小學語文課上，學生都很難學到詩詞寫作的基本要求、基礎技巧。大學中文系的主幹課程是文學史，這種教育方式完全從西方舶來，看起來很成體系，洋洋大觀，實際上卻把我們中國人的精神血脈和中國文學的主流割裂了。

唐宋人寫詩填詞，唐宋以後元人、明人、清人仍然寫詩填詞，他們都沒有學過文學史，但傳統卻能代代相傳，薪火不絕。直到今天，臺灣和香港地區的大學中文系，也大都不開設文學史課程，而是開設《詩選與詩的寫作》、《詞選與詞的寫作》、《文選與文的寫作》、《曲選與曲的寫作》這四門主幹課程。

我總以為，詩詞寫作應該成為中文系畢業生的必備技能。現在是老師既不教，學生也不會，中文系畢業生對傳統文化就只有淺薄的認知，不能生出對文化傳統的衷情摯愛。從事中國文學研究的博士、教授們，把中國文學做得愈來愈像歷史學、社會學，乃至引入數據統計，把文學研究變成純粹的科學研究。原因就在於，他們自己不懂創作，也就無法從審美的角度去體悟文學，更不要說通過文學去變化氣質、滋養心靈了。

有些中小學語文教師沒有創作實踐，不能很好地向學生揭示詩詞之美，只好把分析白話文的一套公式拿來套詩詞。教師講得辛苦，學生聽得昏昏欲睡，這樣的教育究竟是成功還是失敗呢？

所以，無論是為了自己的人格成長，還是為了對詩詞之道的真切理解，都該一面讀，一面寫。讀是為了寫得更好，寫是為了讀出佳美綿長之味，這才能真的懂得詩詞，也才能

讓詩詞滋養生命。

學「寫」詩詞，這個說法很尷尬。其實一直到 20 世紀 80 年代，人們說「學詩詞」就是指學習詩詞的寫作。天津一群老詩人、老詞人辦過一份內部發行的雜誌，就叫《學詩詞》。可悲的是，現在的學校教育離著傳統精神太遠，普通人完全不曉得，中國一切學問都是要「學而時習」的。沒有下過一番實踐體悟之功，絕不可能真的領略一門學問的妙境。我們常看到一些明星學者在電視鏡頭前誇誇其談，大講詩詞的大美大愛，可總也搔不著癢處，便是因缺少實踐。自身對詩詞的體悟是膚淺的，談詩論詞只能浮光掠影，淺入淺出，動搖不了人心。

學詩詞對心靈最有益。如果說數學是思維的體操，詩詞就是情感的體操。

學詩詞首先會讓你成為一個真誠不妄的人。一個人如果乏誠欠真，對自己、對世界都苟且了事，寫不出好的詩詞作品。歷史上的詩詞大家，無不秉其忠厚之心，才能成就其文學的不朽。學詩詞的過程，就是操練情感的過程，讓人去其鄙吝，成其忠厚。詩詞都要求雅求美，不主張偏激暴戾，學詩詞的人也就必然趨向於溫柔敦厚的性情。

詩詞創作的高下，在很大程度上依賴於詩人詞家的創造力的高下。

學詩詞可以訓練想像力和語言的組織能力，易於培養出具有創造性思維的人。古人所謂的「詩家語」，其實就是最精切、最美麗也最活潑的語言。學寫詩詞，是要求自己追求「詩家語」，這必然會讓人思維更活潑，語言更精煉。很難想像，一個能寫出精妙的詩句的作者，會是一個頭腦僵化、語言乏味的人。相反，學寫詩詞自能讓人遇事靈活、語言切當。

詩詞創作能力，是一個人傳統文化水平的最直觀的體現。

人常說字是一個人的第二張臉，寫得一手漂亮的書法肯定會加分。但世上既然有樣貌俊美的繡花枕頭，當然也就有腹內空空的書法藝匠。而從一個人所作的詩，所寫的詞，乃至他所撰寫的對聯，是真正能看出一個人的國學素養的。因為除了極少數的天才，詩詞聯不要說寫得好，就單是寫得像樣，一般都需要具有相當程度的國學知識。

在傳統時代，能作詩，會寫古文，是對每一個讀書人最基本的要求。清代名臣曾國藩認為，中國的學問分為三大類，分別是義理、考據、辭章。詩詞創作屬於辭章之學，古人把辭章之美稱為辭華，華就是花，能作好詩詞，便如一株樹木開出了美麗的花朵，自然生意盎然。

正是：

農家自有麒麟閣，第一功名只賞詩。

好詩都被唐人做完了嗎

　　魯迅先生有一段名言，經常被反對青年學寫詩詞的人士引用：「我以為一切好詩，到唐已被做完。此後倘非能翻出如來掌心之齊天大聖，大可不必動手。」（1934 年 12 月 20 日致楊霽雲函）且不說這番話是魯迅在楊霽雲來信盛讚他的詩作後的自謙之辭，一切好詩到唐已被做完的觀念，本身就是錯誤的。

　　文學史上說「詩至唐而盛」，本來沒有錯，但只是指以下幾點：

　　（一）唐代各種詩的體裁都已完備，無論是三言、四言、五言、六言、七言還是雜言，不管是樂府、古風還是近體詩，都有蓬勃的發展；

　　（二）唐詩包含了各種可能的風格，包蘊著各式各樣的情調。無論是氣格的高卑濃淡，格調的飄逸雄渾，你能想到的所有的風格，唐詩中都有，不再像以前那樣，一個朝代就是一個朝代的詩風，較為單一；

　　（三）作者的範圍無比廣大，社會上各個階層都有人寫詩。從皇帝到盜賊，從出家人到女性，都有詩人湧現。這在之前的朝代是無法想像的。

　　把「詩至唐而盛」這句主要在描述唐詩盛行於世、唐詩深入人心的話，理解為詩在唐代已好到極致，後世皆莫能及，這不符合文學史的真相。

　　唐詩固然絕代風華，一唱三嘆，但接踵其後的，是以筋骨思理見勝的宋詩。宋詩在語言上尤其有著獨特的創造，它把唐詩側重表現、描繪的語言，變而可以深入地刻劃。宋詩不像唐詩那樣通俗，那樣易於為人接受，宋詩更像是口嚼橄欖，第一口是酸澀的，但多咀嚼幾口之後，就有了回甘。

　　歷史上有數量龐大的讀者，更加喜歡宋詩而並不怎麼喜歡唐詩。宋代有蘇軾、黃庭堅，便正如唐代有李白、杜甫，蘇、黃在當時及後世詩壇的地位、影響力，都可與前代的李、杜相埒。宋代大詩人還有歐陽修、王安石、陳與義、陳師道，以及錢鍾書先生所推崇的王令，等等。秦觀以詞見長，他的後期詩作卻嚴正高古，自成一家。女詞人李清照的詩作沉雄重大，與其詞風迥不相侔。

　　與宋代同時並峙的遼、金，都有不少優秀的詩人，尤其是金代的元好問，與宋代的黃庭堅、陳與義、陳師道這些詩人相比，毫不遜色。

　　今人只知道元曲是唐詩宋詞之後又一個文學高峰，但元人自己決不會把劇曲、散曲看得很高，反倒是對自己的詩很有自信。被元人推崇的是元詩四大家：虞集、楊載、范梈、揭傒斯，另外著有《雁門集》的薩都剌亦不可等閒視之。

　　人們常說明朝人的詩過重模倣，因此沒有好詩。其實一切藝術都必須開始於模倣，明朝詩並不差劣，只是其成就上不及唐宋、下不及清罷了。這是因為明朝很多詩人只肯模倣盛唐，不肯去學習離自己更近也有全新創造、別開詩世界的宋詩，出路太窄，這才給人以明朝無好詩的印象。

　　但在明清易代之際，顧炎武、傅山、陳子龍、屈大均、黎遂球、陳恭尹等人的詩作，慷慨悲涼，無愧詩史。被迫降清的錢謙益、吳偉業等人，詩作無論筆力意思，都雄傑一世。錢氏的七律組詩直追杜甫，吳偉業更以其「梅村體」歌行永遠進入文學史的殿堂。即使是被清議所譏、戲曲舞臺上畫著白豆腐塊臉的「權奸」阮大鋮，他的詩無論在語言上還是意境上，都有值得學習的地方。明末的詩家，因為不囿於唐詩的習氣，善於學習宋詩在技法上的經驗，更加上滄桑鉅變帶來的心靈痛苦，

所以能成其大。

清人學詩的心態最為開放。杜甫說過「轉益多師是汝師」，清人無論是唐詩宋詩，還是漢魏古詩、元明詩，乃至近在當代的詩，都拿來學習。又加上清代人重視學問，讀書遠比前人為多，所以可資創作的詩料也就更充足。這樣，清代詩就兼得唐宋之長，在整體成就上形成了中國詩史上的又一高峰。

清代中葉的鄭珍，本身是經學家，他的詩能用平淡真樸的語言，寫出動人心魄的至境，能把平庸瑣屑的日常生活寫得詩意盎然，著名學者胡先驌先生評論他是清代第一大詩人。又如龔自珍之作，瑰偉雄奇，鎔《莊子》、《離騷》於一爐，令人目眩神迷的風格之外，是其深刻的歷史洞見。理學家陳澧的詩作，盡遺俗腐，天才橫放，不可多得。

清代尤其是到同治、光緒以後，寫出好詩的全部奧祕，寫詩的一切技法，都被當時的詩人掌握，誠所謂能集三千年詩國之大成。所以，當代有成就的詩壇大家，無不重視同治光緒朝以後的詩。

當時除了有沈曾植、陳三立、陳寶琛這些被稱作「同光體詩人」的大家，還有氣壯山河、騰越千古的丘逢甲，融鑄新詞、形成更加奇偉風格的黃遵憲，芳馨悱惻、字字含情的黃節⋯⋯清代詩壇尤其是同光詩壇的每一位大家，其作品與唐代的大家相比絕不遜色。

新文化運動的主將陳獨秀，本身也是一位大詩人，他的詩不加雕飾，卻自有龍瞻虎視的氣概。大書法家潘伯鷹，學貫中西的大學者陳寅恪，還有畢生以詩鳴於世的楊雲史，都足可在詩史上留下濃墨重彩的一筆。新文學作家中朱自清曾從黃節學詩，是新文學派裏詩寫得最好的。

所有這些大詩人，都有著共同的特點，就是不囿於一朝一

代，博採兼收，尤其重視近代的詩作。而著名的新文學家郁達夫的詩，因為只是學晚唐杜牧的七絕和清代黃仲則的七律，門戶不廣，格局太小，也就不能成為大家。

人們又常常以為詞是宋代的「一代之文學」，宋代的詞為他朝所不及。但唐五代詞相對宋詞，自有其高卓不群之處，宋詞作家雖眾，又有幾人在詞史上的地位能與李後主相比呢？

金代的元好問不但詩是大家，詞亦是大家。明初劉基，也就是民間熟知的劉伯溫，有兩句詞：「蝴蝶不知身是夢，飛上花枝。」何嘗不是驚心動魄？明末的陳子龍，清初的遺民屈大均、今釋澹歸，他們的作品堪稱是以血寫就的真文學。

清代的詞，號稱中興，錢仲聯先生在《清詞三百首序》中認為，在詞作數量、整體質量、思想意義、流派風格等各個方面，清詞都超越了宋詞。相對於宋詞很多的流連光景、傷春悲秋的囿於一己之情感的作品，清詞多有家國情懷、政治寄託，境界要大得多。

清初的陳其年，詞作魄力雄健，光焰萬丈；清代中葉的蔣春霖，被視為倚聲家中的老杜；清末更有王鵬運、朱祖謀、鄭文焯、況周頤四大詞人，別開生面。四家以外，還有騰天照淵、涵古茹今的文廷式、梁啟超等。再往後，像深情婉約的黃侃，蘊含哲理的王國維，被喻為李清照之後一人而已的女詞人沈祖棻，無數的大詞人裝點著詩國迷人的星空。

學詩詞的人，如何能用「唐詩宋詞」的說法把自己束縛住呢？

當代詩壇，有一種非常偏頗的見解，就是不講文化的傳承、藝術的訓練，而空發大言，要求詩詞作者必須寫出時代氣息。

其實，一個人不可能脫離社會而獨立存在，只要他活在

這個時代，他的思想言論無不屬於這個時代。每個人的人生際遇、知識積累、人生觀念都不相同，到底什麼是所謂的時代氣息呢？我們不能說在當代穿得西裝革履就是符合時代，喜歡穿漢服唐裝就是逆時代潮流吧？更加不能規定，一個二十一世紀的人，就不能像唐宋的詩家一樣，去追求天人合一的至境、篤於人倫的摯情。

一位當代詩人或詞人，只要肯放寬眼界，用心摹習前賢，鍛煉詩藝，自然能寫出佳作名篇。至於學詩學詞之外，更繼以經典的誦習、胸襟器識的養成，詩外工夫到了，人生境界提昇了，看待世界的眼光更加有穿透力了，自不難寫出一流的作品。

清代趙翼詩云：「李杜詩篇萬口傳。至今已覺不新鮮。江山代有才人出，各領風騷數百年。」學詩學詞者，放寬眼界，虛心面對從《詩經》、《楚辭》以降的詩國傳統，才有可能成為領風騷的才人。

當然，更多的人學詩詞，只是為了能用一種典雅精粹的語言去表情達意，或者僅僅是追求一種風雅的、古典的生活方式，並沒有在文學史上留名的野心。但那同樣需要拓大眼界，以古為師，這樣寫出來的作品才是真風雅，而不是附庸風雅。

寫出好詩詞並不需要特別的天賦

有一種觀點認為，詩人都是天生的，所有的好詩好詞，都是「文章本天成，妙手偶得之」。

又有人說，大匠能予人規矩，不能予人以巧，詩詞是不可教不可學的。能教能學的，不過是詩詞外在的形式，如近體詩的平仄安排和押韻規則，古體詩如何避免蹈入近體詩的聲律窠臼，一首詞的詞譜定格，該在何處用領字，該在何處用對仗，等等。

當代有很多的詩詞愛好者寫了很多年，詩詞的聲調平仄掌握得十分圓熟，立意也十分明晰，可寫出來的偏偏不是詩，沒有詩的神韻氣味。這就更給人以口實：你看，詩詞是不可能教好的吧！

其實，在行家看來，詩人固然是天生的，但「寫詩的人」卻可以培養。

詩人一詞，不是在形容一種職業，而是在形容一種人格。

近代大詩人楊雲史曾經說過：「我少年時，聞有詩人我者，則色然怒；今聞之，則欣然喜。」楊雲史早年，覺得別人稱他為詩人是意存輕蔑，潛臺詞是你這個人不通世務，無當世用；但隨著年齡漸長，閱世更深，他終於明白，正是自己這樣的人，也只有自己這樣的人，在一直堅守著內心的高貴，捍衛著道德的尊嚴。儘管遭受無窮的現實苦難、命運折磨，他卻愈加堅強，更加為詩人的身份而自豪。

詩人，應當是永遠不肯與流俗妥協，永遠與平庸卑賤相抗爭的人。

在世俗的眼中，詩人的生命太沉重，太痛苦，其實詩人自己，又何嘗不知道自己的生命是如此的沉重痛苦？但他們無法

擺脫詩人的宿命，直至生命完結。

正如屈原所云：「亦余心之所善兮，雖九死其猶未悔！」這樣的人，當然是人群中的極少數，寫出《離騷》、《天問》的屈原，寫出《飲酒》、《讀山海經》的陶淵明，寫出《古風五十九首》、《蜀道難》、《將進酒》的李白，寫出《秋興八首》、《自京赴奉先縣詠懷五百字》、《北征》的杜甫，就是這樣的詩人。

而文學史上大多數作家，並無這些詩人那樣激烈而執著的性情，他們又是如何憑自己的作品而不朽的呢？

近代學者王國維深刻地解釋了這個問題。他在《古雅之在美學上之位置》一文中指出：

> 「美術者，天才之製作也。」此自汗德以來百餘年間學者之定論也。然天下之物，有決非真正之美術品，而又決非利用品者。又其製作之人，決非必為天才，而吾人之視之也，若與天才所製作之美術無異者。無以名之，名之曰「古雅」。

文學史上無數的作品，它們之所以能讓人喜歡，並不是因為其表現出特立獨行的個性、激烈執著的性情，而是因為它們有雅意，讓人感受到審美的愉悅。

王國維舉例說，西漢的匡衡、劉向，東漢的崔瑗、蔡邕，他們所寫的賦，其文筆的優美宏壯，遠在賈誼、司馬相如、班固、張衡之下，但我們仍然喜歡他們的作品，便因他們的作品有高古典雅之氣。

他又說，「唐宋八大家」中，曾鞏的古文不一定比得上蘇軾、王安石；南宋詞人姜夔的詞，單從情感是否濃烈、能否動

人上說，遠不如北宋的歐陽修、秦觀，而後人也同樣鍾愛，也是因為其文其詞雅意流行。

文辭達到古雅的境界，並不需要特別的天賦，需要的是什麼呢？王國維解答說，需要的是修養之力。他認為，即使天分在中智以下者，經過修養，也可以有古雅的創造力。

憑藉修養，達成古雅，這就是中國古人作出好詩好詞的最大的祕密。

古雅的反面是淺近低俗。唐代詩人元稹和白居易，因為一部分作品喜歡追求淺俗的詩風，自從蘇軾評其為「元輕白俗」，地位一向不高。

為什麼淺近低俗的東西不好呢？因為只有帶給人驚奇與超拔的感覺的，才是真的藝術。藝術家通過營造出與日常生活完全不同的境界，讓人忘記日常生活的平庸猥瑣，而得到心靈的坐忘與淨化。正因古雅的境界與日常生活完全不同，故能令人驚奇，令人讚嘆，令人超越俗世，獲得審美的愉悅。

要寫出千古傳誦的佳作，固然需要一定的天才，但普通人經過正確的有步驟的訓練，也可以寫出不錯的作品。

相對於今天的那些完全不知聲律而率爾操觚的文化名人，相對於今天那些數量極其龐大的自娛自樂的詩詞愛好者，古人的優勢在於他們接受了專業的系統的詩詞寫作訓練。

正因古人有專業的修養，他們寫出的作品具有古雅的基本面目，也就必然都是可讀之作。

當代絕大多數詩詞愛好者，他們其實愛好的並不是詩詞，而是「通過詩詞來表達自己」。就像進 KTV 去唱歌的人，喜歡的只是通過唱歌來宣洩壓力，並不真的熱愛音樂。某些「詩詞愛好者」從來不愛讀別人的詩，當然也不愛讀古人的詩，就像KTV 裏的「麥霸」，並沒有興趣坐下來靜靜地欣賞經典的唱片。

持有這樣的態度，自然無暇顧及詩法的研討、詩藝的提高。而這樣的「詩詞愛好者」，總會提出諸如「詩詞應該用新聲韻」、「詩詞要表現新生活新時代，不能一味泥古」、「詩詞應該不用典故」這樣一些似是而非的命題。

其實，只要肯下功夫沉潛下去，多讀一讀古人的經典作品，就會知道這類命題不過是無知者的淺妄之見。

詩詞寫作的種種規矩、技巧一點也不神祕，也不難掌握，但前提是要肯沉潛，肯入古。能入方能出。先求古雅，才能雅俗共賞；先求近古入古，才能古為今用。

中國人幾千年來在文藝領域積累的全部經驗，總結起來就是八個字：「模擬名作，達成變化。」像書法臨帖一樣地去臨摹古人的作品，先求得古人的神味氣息，再去追求個性面目。

著名崑曲表演藝術家、崑曲教育家張衛東先生提出了學習傳統文化的五字訣：熏、模、學、練、默。

所謂的熏，就是要接受傳統文化的熏陶，長久地受熏陶，才能潛移默化。學詩詞不妨也培養一下對書法、國畫、戲曲等傳統藝術的興趣。

所謂的模，就是模擬，在崑曲是跟唱，在書法是臨摹，在詩詞是倣作。

所謂的學，是指要主動學習、主動探究，這才能提昇修養，藝術精進。陸游說過：「汝果欲學詩，工夫在詩外。」學，不止是去讀詩讀詞，更要去了解中國詩歌的歷史、歷代的文學觀念，甚至經史子集多方面的學問，這些詩外的工夫才是寫出好詩的根本。

所謂的練，是指自己知道要領之後，勤加練習。

所謂的默，是孔子所講的「默而識之」的默，是學問的化境，能把由書本之上、師長那裏得來的知識，參以實踐體悟，

內化為生命。

書法上有「入帖」與「出帖」的說法。所謂入帖,指學書必須從臨習古代碑帖入手,達到形似神似。初學者必先入帖,才不會走偏,寫成醜書俗書。入帖以後,才能談出帖。出帖是融會貫通碑帖中的技巧法則,通過書法展現內心的世界。學習詩詞也一樣。

只有入古,方能出古。很多初學者總是急於表達自己的情感,認為自己寫的詩詞一字移動不得,而忘記了只有學好詩詞,才能借助詩詞更好地抒情達意。

又有很多詩詞愛好者,不肯從熏模學練的功夫做起,不願或懶得摹擬名作,寫得再多,也不過是機械地重複自己,就像書法不入帖,寫字再多,也不過是在重複自己錯誤的書寫習慣罷了。

有人問大書法家潘伯鷹先生,為什麼寫字要臨摹古人,他回答說:中國幾千年來書法家總結出一套行之有效的技法經驗,你不去學習接受,反而要全部推翻,重新來過,豈不是自討苦吃?學詩詞而不肯學古,又何嘗不是在自討苦吃?

什麼是詩詞的格律

古人把寫的字稱作心畫，寫的詩稱作心聲，詩詞首先是聲音的藝術，是通過語言的組織、聲音的調配來抒情達意的。

詩詞聲音的調配主要有兩方面，一是調平仄，二是押韻。

我們漢語有著豐富的聲調，作為現代漢語的標準語的普通話，有陰平（第一聲）、陽平（第二聲）、上聲（第三聲）、去聲（第四聲）四種聲調；在很多地方特別是南方的方言裏，聲調分得更細，表現力也更強，比如江蘇南部、上海和浙江省通行的吳方言就有八種聲調，而廣東話則有九個聲調。

聲調愈多的方言，保留古代的語音特徵就愈多，也就愈接近唐宋以前的讀音。會說廣東話或者吳語、客家話、潮汕話……的朋友，一定在小時候就發現，用普通話念詩讀詞，很多時候都覺得不押韻，而一旦用自己的方言去念，便覺得讀來要順口得多，就是因為南方方言相對北方話，普遍更接近古音。

不過，古人把複雜的聲調化繁為簡，僅把漢字分為平、上、去、入四個基礎聲調，又把上聲、去聲、入聲單獨算一組，稱為仄聲，與平聲字相對。仄就是不平，仄聲字的發音不像平聲字那樣曼長平穩，而是有高低、長短的變化。

無論作詩填詞，還是寫一副對聯，都需要掌握平仄的知識，平仄是最基礎的國學常識，掌握平仄說明一個人擁有了最基本的傳統文化修養。

入聲字最為特殊，它的發音特別急促，帶有爆破感、摩擦感、阻塞感，在北方方言區已基本消失，普通話裏更是毫無蹤影。然而讀古詩詞，如果不能分辨入聲字，很多獨特的聲情就無法體會了，不能不說是一種鉅大的遺憾。

像中小學時大家都學過的曹植的《七步詩》、蘇軾的《念奴嬌·赤壁懷古》、柳永的《雨霖鈴》、李清照的《聲聲慢》，都押的是入聲字的韻腳，如果不知道這些入聲字怎樣讀，是感受不到這些詩詞的激越淒厲的聲情之美的。

北方的朋友，如果您身邊有廣東人、上海人、江蘇人、浙江人、福建人……請他們用家鄉話給您念一遍這幾首作品，您自然會認識到普通話或北方方言在誦讀古詩詞時的嚴重不足。

凡是入聲字都屬仄聲。但因為北方很多地區入聲字消失了，有的入聲字變成了去聲，比如「鶴」、「客」、「目」等，有的入聲字變成了上聲，比如「谷」、「乙」、「樸」等，還有的入聲字乾脆變成陰平或陽平聲，比如「一」、「十」、「白」、「惜」、「節」等，這就使得北方人在讀古詩時無法正確發音，也就難以正確分辨一個字到底是平聲還是仄聲。北方人在學詩詞時，要付出比南方人更為艱辛的努力，便緣於此。其實，只要想想南方人學普通話，怎麼也發不對翹舌音和後鼻音時的痛苦，被入聲字折磨的北方人就該心平氣和了。

調平仄就是把平聲字和仄聲字按一定的規律予以調配。

比如王之渙的《登鸛雀樓》：

白日依山盡，黃河入海流。
欲窮千里目，更上一層樓。

就是按照「仄仄平平仄，平平仄仄平。㊒平平仄仄，仄仄仄平平」的格式來調的平仄。加圈的字代表可平可仄。這首詩中的入聲字有「白」、「日」、「入」、「欲」、「目」、「一」這六個字，特別要注意不能把「白」和「一」這兩個字當成平聲字。

詞的平仄是以詞譜為標準的。像北宋蔡伸的《十六字令》：

天。休使蟾圓照客眠。人何在？桂影自嬋娟。

詞譜就是：

平。仄仄平平仄仄平。平平仄，仄仄仄平平。

詩詞都要講押韻，一般來說（凡是這樣說的時候就意味著會有特例，但我們現在還不需要去掌握），相鄰或相隔的句子，其最後一字韻母和聲調相同，就是押上了韻，這些韻母和聲調相同的字，叫作韻腳。比如上一首詩的韻腳是「流」和「樓」，上一首詞的韻腳是「天」、「眠」、「娟」。

只有調配好平仄，押上了韻，詩詞的聲韻才會諧和。今天有所謂的新詩，不講平仄，不論韻腳，只能算是分行的散文。

平仄與押韻的規律就是詩詞的聲律。有人稱之為詩詞格律，這一說法是不對的，古人格與律是兩個完全不同的概念。

所謂的格，是指一種文體應該有的風格，它是根據這種文體當中的經典作品而確立的一種無形的標桿。而所謂的律，則是戒條，是一種文體不可違反的清規戒律，一旦違反，就不是這種文體了。比如寫作律詩而出現平仄不調、不押韻、不對仗的情形，就絕不能冠以五律、七律之名；又比如填一首《滿江紅》，卻不肯依照《滿江紅》的詞譜來填，只是字數對，那大概只能稱作「滿江黑」。

詩的聲律很簡單，只是幾個固定的公式，詞有詞譜，照著詞譜規定的平仄去填字就是了。但為什麼很多人覺得按照聲律的要求去寫詩填詞非常之難呢？原因很簡單，因為詞彙量不夠。

比如你想表達秋天的意思，但詩裏規定第二個字要用仄聲，如果你想不起西陸這個詞，你肯定覺得聲律太難啦！又如你想寫長城，但詩裏又要求是兩個仄聲，你如果不知道長城又稱紫塞，就會一籌莫展。

還有一些字，在表達一種意思時念平聲，在表達另一種意思時念仄聲，比如「思」字，表示思考、思念，念平聲，但表示悲傷、表示一種情緒，就要念去聲，變成一個仄聲字了。李商隱的名句：「錦瑟無端五十絃，一絃一柱思華年。」按照聲律的規定，「思華年」三個字的平仄必須是仄平平，所以這裏面的「思」就念去聲。思華年就是悲華年，李商隱為什麼不用悲華年而用思華年呢？就因為「悲」是平聲字，在這裏出律了，要改成意思一樣但卻是仄聲的「思」字。

類似的情況非常多，需要在平時閱讀時多加留意。如果一個人讀書太少，積累的典雅的詞彙不夠，就不可能真正掌握詩詞的聲律，也就只能寫出毫無詩味的口水詩。

但相對而言，律的問題算是簡單的，格的問題才是學詩詞最該下工夫去解決的。

曾見有人填了一首《沁園春》，我指出《沁園春》這個詞牌，上下片一字領後面的四個四字句，都應該對仗。比如：「漸月華收練，晨霜耿耿；雲山攤錦，朝露漙漙。」（蘇軾）一字領的「漸」後面，第一句和第三句對，第二句和第四句對。又如：「向落花香裏，澄波影外，笙歌遲日，羅綺芳塵。」（賀鑄）一字領的「向」後面，第一句和第二句對，第三句和第四句對。還有：「正驚湍直下，跳珠倒濺，小橋橫截，缺月初弓。」（辛棄疾）則是四句互為對仗。

其人辯解說，古人很多詞也不對仗，並通過網絡搜索，拉出長長的一個單子，都是古代無名氏或雖有名有姓，卻在詞

史上絕無地位的人的作品。這就是不明白詩詞乃至一切文體的「格」，是由經典的作品鑄就的，讀經典太少，學古不足，就像是照貓畫虎，怎麼也畫不出老虎的氣勢來。

南宋大詩人陸游的《示子遹》詩有云：「汝果欲學詩，工夫在詩外。」他的意思是詩是儒家六藝之一，不是靠一點小聰明就能寫好的。只有完善人格，增進學識，才能寫出優秀的詩篇。

要成為第一流的大詩人，固然必須要淹通經史，就像杜甫所說的那樣，「讀書破萬卷，下筆如有神」，但如果只是想寫出可讀的詩作，卻簡單得多。初學者只要多讀經典的好詩佳詞，認真地因聲而求氣，像臨帖一樣去模倣，自然可以在較短的時間內寫出不錯的作品。

什麼是經典的好詩詞呢？最低限度，《唐詩三百首》、《宋詞三百首》都得熟讀。《唐詩三百首》有一個最好的版本，是喻守真先生所著的《唐詩三百首詳析》（北京中華書局版）。本書對每首詩的評析都很簡煉，但都是從創作者的立場出發，分析詩的謀篇佈局和寫作技巧，很便於讀者學習。而更重要的是，每一首詩都標明了所有字的平仄，閱讀時多加注意，可以發現自己平時讀得不對的音，也就能基本掌握平仄了。（香港版未標平仄。）

而《宋詞三百首》，則有朱祖謀（上彊村民）所選本與夏承燾先生所選本兩種。要想作好詞，應選用朱祖謀的版本，因為朱氏此選本，本就意在造就詞人，為學詞者提供一個可以遵依的範本。而夏先生的選本，是為向當代人普及宋詞而編選的，故選目充分注意到宋詞的不同風格，目的是使當代的詩詞愛好者全面地認識宋詞，故亦不可偏廢。

當然，這僅是對初學者入門的要求，想要寫出不負時代的大作品，必須泛覽百家，要有「板凳甘坐十年冷」、枕籍經史的精神才成。

詩詞怎樣才能押上韻

　　中國的文學，分為韻文與無韻之文兩大類。中古時期，只有押韻的韻文才叫「文」，不押韻的文只能叫「筆」。

　　韻文包括詩、賦、詞、曲以及箴銘、頌讚、誄祭等。比如大家熟悉的《陋室銘》，就屬於必須押韻的箴銘：「山不在高，有仙則名。水不在深，有龍則靈。斯是陋室，惟吾德馨。苔痕上階綠，草色入簾青。談笑有鴻儒，往來無白丁。可以調素琴，閱金經。無絲竹之亂耳，無案牘之勞形。南陽諸葛廬，西蜀子雲亭。孔子云：何陋之有？」本文以「名」、「靈」、「馨」、「青」、「丁」、「經」、「形」、「亭」這些字為韻腳，念起來十分諧和。

　　詩文有了韻，就意味著某個特定的音節，在一定的位置有規律地重複，我們在誦讀時，就會感到一種整飭之美、節奏之美，有韻的詩文，既悅耳，又易記，更容易激發我們的情感。

　　詩詞都屬於韻文，因此也就必須押韻。今天很多人對詩詞必須押韻這一最基本的常識也毫無認知，缺乏寫詩詞必須要押上韻的意識，這是由兩個原因造成的。

　　一是古今音的鉅大差異，使得很多地區的朋友在讀到古人本來押韻的詩詞時，卻以為是不押韻的。比如下面這兩首詩：

登幽州臺歌

陳子昂

前不見古人，後不見來者。

念天地之悠悠，獨愴然而涕下。

江南曲

李益

嫁得瞿塘賈，朝朝誤妾期。

早知潮有信，嫁與弄潮兒。

　　不但說普通話、北方方言的人大多覺得不押韻，許多南方地區的人讀來也覺得不押韻。但在潮汕地區的人讀來，第一首詩中的「者」念「賈」，和「下」字是押韻的。而第二首中的「期」與「兒」，在講粵語或吳語的人念起來，也完全押韻，因為粵語中「兒」念成了「移」的音，吳語裏「兒」念成了「泥」的音。

　　學個詩詞難道還得把全國各地的方言都先模做一遍不成？當然不用！

　　請大家站在古人的立場上想一想，中國這個幅員遼闊、方音雜處的大國，要想讓詩文作品通行全國，讓各州各縣的人都念起來覺得諧和，該怎麼辦？當然是樹立一個全國通行的標準呀！古人的標準就是韻書。我們判斷一首詩是否押韻，不是看它在甲地的人念來押韻，或乙地的人念來不押韻，而是看詩中的韻腳是否在韻書裏同一個韻部中。

　　自宋代以來，詩的押韻標準是平水韻，因最早刊行於山西平水經籍所而得名。平水韻的刊行者王文郁（一說為南宋的劉淵），既不是皇帝，也不是大官，可為什麼大家都願意奉行平水韻為押韻標準呢？原因就是平水韻所劃分的韻部，與唐代詩人用韻實際是一致的。後人學詩既然要把唐詩當作一個標桿，自然也要在押韻的問題上與唐人保持一致。

　　清張履恒《詞律補案·綴言》中說：

作平水韻者，不過並去其舊題，是以見者無異詞。否則《洪武正韻》，煌煌乎一代功令，且不能強（qiǎng）天下之人心，而劉淵一無名下士，何以貿然改並，轉能使相沿至今，承用勿替也？

唐人寫詩依據的韻書是《唐韻》，此書共有二百零六韻，比今之平水韻多出一百韻，但很多相鄰的韻已經合併使用了。王文郁只是把唐人合用的韻直接在韻書上歸併起來，所以至今沿用不替。

而明代開國皇帝朱元璋，以皇帝之詔令，命天下人採用他找人新修的《洪武正韻》，卻不能得到認可，便因這種勉強推行的新韻，與唐以來的傳統完全隔絕了。

今天也有一些人，自己寫不好詩詞，卻熱衷於推行「聲韻改革」，要求詩詞改用普通話押韻，這種反傳統的行為注定是「可憐無補費精神」。

所謂韻部，就是相互之間可以押韻的字的集合。

韻書當中用一個字來代表一個韻部，比如東韻，就有「風中空紅東同翁公宮通窮功雄工鴻叢蓬終融濛虹童桐蟲匆弓蒙戎忠……」等字；而冬韻，則有「峰龍容松蹤重濃鐘從封蓉宗逢胸鍾冬農慵筇鋒庸舂穠……」等字。

東和冬這兩個韻部的字，在今天讀來，韻母沒有區別，然而在唐人那裏，東部和冬部的韻字，很多時候是不能相互押韻的，所以要分成兩個韻部。

而像真韻，有「人春塵新身真神親臣鄰貧津頻民巾辰輪賓珍濱秦鱗陳倫仁因辛麟晨淪伸嗔巡宸旬綸勻紳薪茵輇銀」等字；侵韻，有「心深林陰音吟尋金琴今襟侵沉岑臨沉禽簪斟森禁霖砧衾淫欽箴駸針……」等字，這兩個韻部之間的字，在詩

中任何情況下都絕對不能相互押韻，因為侵韻的字在中古時期收 [-m] 尾，稱作閉口音，和收 [-n] 尾的真韻，差別非常大。直到今天，粵語裏這兩種音的分別還是特別明顯。

清代的大型工具書《佩文韻府》，就是依照平水韻的韻部編撰而成。本書收的每一個韻字底下，都羅列了以這個韻字為詞尾的詞，並附這些詞在經史子集中的出處。而簡略便攜的，則有清代湯文璐所編的《詩韻合璧》，只列出詞藻，不列出處，今有上海書店出版社影印本。

作詩時依照韻書來寫，隨時翻檢，自然不會出韻。而且勤翻韻書有一極大的好處：今人作詩最難的是詞藻不足，一面翻著韻書一面寫詩，詞彙量提昇得飛快，作詩的水平也會快速提高。

詞的用韻要比詩韻來得寬。因為詞本來是樂曲的文辭，在演唱的時候，不同韻部讀音相近的字，聽起來差別不大，所以一開始詞的押韻，就是在詩韻的基礎上，把讀音相近的韻部合在一起用。

讀音相近的韻部叫作鄰韻，鄰韻通押，詩裏只在某些特定的情況下才允許，而詞中就十分常見。比如敦煌曲子詞《憶江南》：

> 天上月，遙望似一團銀。日暮更闌風漸緊，為儂
> 吹散月邊雲。照見負心人。

這首詞的韻腳是「銀」、「雲」、「人」三字，其中「銀」、「人」是詩韻中的真韻，而「雲」是文韻，在詩中一般是不能押韻的，但詞裏卻可以通押。

又如歐陽修的《浪淘沙》：

把酒祝東風。且共從容。垂楊紫陌洛城東。總
是當時攜手處，遊遍芳叢。　　聚散苦匆匆。此恨無
窮。今年花勝去年紅。可惜明年花更好，知與誰同。

「風」、「東」、「叢」、「匆」、「窮」、「紅」、「同」等字是
東韻，「容」字是冬韻，也是鄰韻通押。

如何掌握詞韻？很簡單，只要填詞的時候對照韻書就可
以了。今天通行的詞韻是清代戈載所編的《詞林正韻》，張珍
懷女士把《詞林正韻》一書中生僻字刪去，並依照平水韻的
韻目重新編排了一下，謂之《詞韻簡編》，附在學詞必備工具
書──龍榆生撰《唐宋詞格律》一書的末尾。

填詞時擇好詞調，一面對照《唐宋詞格律》中的詞譜，一
面從《詞韻簡編》中選韻腳，多練多寫，熟極自能生巧。

今人沒有押韻意識的第二個原因，是不知道因詩詞的體裁
不同，很多詩詞會出現換韻或更複雜的用韻情況。

比如李白的《將進酒》：

君不見黃河之水天上來。奔流到海不復回。
君不見高堂明鏡悲白髮。朝如青絲暮成雪。
人生得意須盡歡，莫使金樽空對月。
天生我材必有用，千金散盡還復來。
烹羊宰牛且為樂，會須一飲三百杯。
岑夫子，丹丘生。將進酒，杯莫停。
與君歌一曲，請君為我側耳聽。
鐘鼓饌玉不足貴，但願長醉不復醒。
古來聖賢皆寂寞，惟有飲者留其名。
陳王昔時宴平樂。斗酒十千恣歡謔。

主人何為言少錢，徑須酤取對君酌。
　　　　　　　　　　　　　　　　▲
　　五花馬，千金裘。
　　　　　　　△
　　呼兒將出換美酒，與爾同銷萬古愁。
　　　　　　　　　　　　　　　　△

　　詩中一共換了六次韻，韻腳分別是：「來、回」、「髮、雪、月」、「來、杯」、「生、停、聽、醒、名」、「樂、謔、酌」、「裘、愁」。如果不知道《將進酒》在體裁上屬樂府詩，可以自由換韻，就會以為這首詩不押韻。

　　而且這首詩還不止是換韻。詩中的「聽」是一個多音同義字，既可以念 tīng 又可以念 tìng，讀音不同但意思完全一樣，然而這裏因為是韻腳，只能念 tīng。「但願長醉不復醒」的「醒」字，是一個多音多義字，表示睡醒念 xǐng，表示酒醒卻念 xīng，這裏只能念 xīng。（屈原的《漁父》也是如此：「舉世皆濁我獨清，眾人皆醉我獨醒。」念 xīng 才能和清字押韻。）

　　又如李白的《菩薩蠻》：

　　平林漠漠煙如織。寒山一帶傷心碧。暝色入高
　　　　　　　　　　　▲
　　樓。有人樓上愁。　　玉階空佇立。宿鳥歸飛急。何
　　　　　　　△　　　　　　　　　　▲　　　　　　　▲
　　處是歸程。長亭連短亭。
　　　　　△　　　　　　△

　　按照詞譜的規定，《菩薩蠻》凡四換韻，本詞韻腳是「織、碧」、「樓、愁」、「立、急」、「程、亭」。其中「織」、「碧」、「立」、「急」四字是入聲字，它們在普通話中不押韻，但在唐宋時期是押韻的，在現代南方很多方言中也還是押韻的，而更重要的是，依照韻書的標準，它們是押韻的。

　　詩與詞在押韻上最大的分別，是詩的押韻必須注重聲調：平聲字只能和平聲字押，上聲字只能和上聲字押，去聲字只能

和去聲字押，入聲字只能和入聲字押；而在詞中，上聲去聲的字是可以通押的，有些特定的詞調，根據其詞譜的規定，還可能平仄通押。

比如張孝祥《西江月》就是如此：

> 問訊湖邊春色，重來又是三年。東風吹我過湖船。楊柳絲絲拂面。　　世路如今已慣，此心到處悠然。寒光亭下水如天。飛起沙鷗一片。

韻腳是「年」、「船」、「面」、「然」、「天」、「片」。其中「面」、「片」都是仄聲中的去聲，卻和「年」、「船」、「然」、「天」通押，這種現象稱為「平仄通叶（xié）」，只有詞譜規定了可以通叶的詞牌裏，才可以通叶。

而詩絕對不可以平仄通叶。

普陀山有名人題「詩」：「六合煙塵隔洪波。雲水三千何謂我。惟餘一念曰慈悲，芒鞋葛杖上普陀。」「萬古覺悟在菩提，眾心聚合即成佛。安得深宵善念動，一枚星光落普陀。」其中「我」是上聲字，「佛」是入聲字，不可以和「波」、「陀」押韻，此因不知詩韻常識而致誤。

無論在詩中還是在詞裏，入聲都只能單獨押韻。網傳為唐代銅官窯瓷器題詩的「我生君未生，君生我已老。我離君天涯，君隔我海角。」只要略具詩韻的常識，就知道這只能是當代人所製的贋品，因為「角」是入聲字，絕對不能和上聲字的「老」字押韻也。

《聲律啟蒙》與聲律啟蒙

　　前輩詩人李汝倫先生曾對我說，教人作詩，應該從《聲律啟蒙》、《龍文鞭影》這些傳統的蒙學書開始。他講這話是十多年前，當時我對他的說法並沒有十分真切的體悟。但教了十多年詩，現在再回頭看，不得不佩服李老的卓識。

　　要做出一頓可口的飯菜，廚子的烹飪水平固然重要，然而更重要的、也往往會被顧客忽視的，是先得有好的食材。學作詩詞，各種寫作技巧固然必不可少，卻必須先要有詩料，它們就是你所掌握的詞彙。每一個詩人都有自己的詞庫，詞庫是龐鉅寬綽還是狹小逼仄，是偏於典雅還是流於俚俗，決定了作出來的詩詞是淵雅典重還是淺俗無聊。

　　常見初學詩詞者，小心翼翼地湊出符合聲律要求的句子，但這些句子普遍缺乏詩的神采，語言欠錘煉，句子顯呆板，不生動，無張力，甚至有少數人寫的，即使按照口語的標準來說，也是完全不通的句子。這些不通的句子，完全是由於詞彙量匱乏，為了就合聲律，只好生造出完全不通的詞語所致。

　　不是所有的詞語都能當詩料，原則上只有美的、典雅的詞彙，才能成為詩料。更細緻一點說，甚至有不少詞彙，用在詩裏就合適，用在詞裏卻顯得重了、濁了。我們有時會說某位作家是「以詩為詞」，就是因為他不懂得詩與詞在「用料」上的不同，拿詩的詞彙來填詞。這就像是川菜師傅來做大煮乾絲，順手就往裏面加了花椒辣子，總也做不出淮揚菜的鮮甜。

　　中國詩歌史上有個非常有趣的現象，「豬」字是不入詩詞的。乾隆皇帝寫了一句「夕陽芳草見遊豬」，毫無美感，成為文人的笑談。（《木蘭辭》裏有「磨刀霍霍向豬羊」，那是因為《木蘭辭》是北朝民歌，不是詩的主流。）

　　生活中大多數的新詞，尤其是帶有一定時代色彩的政治化的詞彙，都是不宜入詩的。像譚嗣同寫過「綱倫慘以喀私德，法令盛於巴力門」，「喀私德」是英文 caste 的音譯，指印度的種姓，「巴力門」則是英文 parliament（議會），這兩個詞在清末都曾盛行一時，但請問這樣寫出來的是詩嗎？

　　漢語是以雙音節詞為主的語言，無論寫詩作文都要注意，凡是雙音節的詞，也就是兩個字組成的詞，都不許生造，都必須符合語言習慣。

　　什麼叫符合語言習慣呢？這有兩種情況。一種是這個詞前人用過，而且已經被廣泛接受；另一種是前人沒有用過，是你的獨特創造，但你的創造符合了漢語構詞的習慣，容易為人所接受。

　　後一種，文學史上叫「自鑄偉詞」，它是形容屈原這樣的頂級大作家的，初學者與其想著一下筆就能與屈原方駕齊驅，不如現實一點，先積累好詩料吧。事實上，如果不是廣積詩料，洞悉了漢語構詞的祕密，也不可能「自鑄偉詞」。

　　接受傳統教育的老輩學人，哪怕是以詩為餘事，一出手就是可讀可誦的典雅之作。他們是通過背誦《聲律啟蒙》、《龍文鞭影》這一類蒙學書籍而積累了基本的詞彙量，有了自己作詩作文的小庫房；再經由大量的閱讀，涵泳於經史，游弋乎子集，而讓詞彙的庫房無限擴充。

　　今天的詩詞愛好者，要想不寫成只是在聲律上符合詩詞要求的口水詩詞，就得從《聲律啟蒙》開始，建起自己的詞彙小庫房。

　　《聲律啟蒙》一書，為元代祝明所著，一名《聲律發蒙》，始僅有平聲韻三十部，自一字七字至隔句對，各押一韻，共二卷，後潘瑛又續寫仄聲韻部三卷。明代的劉節對它們進行了校

補，仍名《聲律發蒙》。劉節校補的平聲韻部分，改正了祝明原書中的錯誤，使得對仗更精密，又為每個韻部各增加了一節內容，成為《聲律啟蒙》一書的最善版本。清代車萬育在祝明原本的基礎上，刪掉了一些助字，又調整了一些對字，成《聲律啟蒙撮要》一書，迭經梓刻，形成今天人們所熟悉的版本。我們今天先要明確，《聲律啟蒙》是元代祝明原著，車萬育只是本書的一位整理者，更須知，車萬育對祝明原本的錯誤沒有任何訂正，今天學習《聲律啟蒙》，應選擇明萬曆中刊行的劉節校補本《聲律發蒙》。一般背誦該書的平聲韻部分已足敷所用，學有餘力的，可以繼續學習潘瑛所著仄聲韻部的內容。

從背誦《聲律啟蒙》而開始學詩，有多重好處。

首先，有助於熟悉平聲的韻部。

我們平時寫得最多的對聲律要求最嚴格的近體詩，只能押三十個平聲韻。這三十個平聲韻是上平聲的一東二冬三江四支五微六魚七虞八齊九佳十灰十一真十二文十三元十四寒十五刪；以及下平聲的一先二蕭三肴四豪五歌六麻七陽八庚九青十蒸十一尤十二侵十三覃十四鹽十五咸。韻書中因為平聲字比上聲、去聲、入聲的字都多，所以把平聲分成上平聲和下平聲，即平聲字上卷與下卷之意。寫作近體詩，這三十個韻部裏面的字，都要熟記。

科舉時代對詩的聲律有嚴格要求，如果舉子寫的試帖詩落了韻，就會一票否決。清代的高心夔，咸豐己未科會試中式，複試因試帖詩出韻，遂列四等，罰停殿試一科。次年為庚申恩科殿試，試帖詩又出韻，又列四等，只能外放做一個知縣。

他兩次出韻，皆在上平聲的十三元韻中。這是因為十三元韻裏的字可分兩組，一組是現實語音中接近上平聲十四寒韻的「言園源喧原軒翻繁元垣猿煩暄冤……」等字，要是和十四寒

韻中的「寒看安難歡殘寬端官闌盤冠干丹餐蘭竿欄鸞鞍酸團瀾彈壇巒漫玕灘肝桓蟠丸⋯⋯」等字押韻，就出韻了；另一組是現實語音中接近上平聲十一真十二文的「門存昏村魂尊根孫痕恩溫樽坤吞奔盆⋯⋯」等字，如果與真韻的「人春塵新身真神親臣鄰貧津頻民巾辰輪賓濱珍陳秦鱗倫因仁辛淪晨⋯⋯」等字押韻，或者和文韻的「雲君聞文分群軍紛勤曛勳氛裙焚紋醺欣⋯⋯」等字押韻，那也是出韻。名士王闓運曾贈詩高心夔諷刺他：「平生兩四等，該死十三元。」乃是清代非常有名的掌故。

如何熟記這三十個平聲韻呢？《聲律啟蒙》正是依照平聲字三十韻而寫成的。它的每一章，都是押一個韻目中的字。用四節易於記誦的文字，完成一個韻。

如上平聲一東韻的第二節：「雲對雨，雪對風。晚照對晴空。來鴻對去燕，宿鳥對鳴蟲。三尺劍，六鈞弓。嶺北對江東。人間清暑殿，天上廣寒宮。兩岸曉煙楊柳綠，一園春雨杏花紅。兩鬢風霜，途次早行之客；一蓑煙雨，溪邊晚釣之翁。」韻腳「風空蟲弓東宮紅翁」，就都是一東韻裏的韻字。

其次，《聲律啟蒙》採取的是駢體文的體裁，都是對仗的句子，有利於培育對仗的意識。

我們知道近體詩當中的律詩，中間兩聯要對仗，絕句中有時也需要對仗（比如「兩個黃鸝鳴翠柳」，就是第一和第二句對仗，第三和第四句對仗），而詞裏很多地方也需要對仗，這是作詩填詞的基本功。如何學習對仗呢？就從背誦《聲律啟蒙》開始吧。

比如上平聲四支韻第一節：「昭對穆，本對支。獻賦對題詩。栽花對種竹，落絮對遊絲。花一樹，柳千枝。鴟鴞對鷺鷥。海棠春睡早，楊柳晝眠遲。五兩秋風能應候，一犁春雨甚知時。韓子名高，潮海做享神之廟；羊公德大，峴山樹墮淚之碑。」

「昭」和「穆」、「本」與「支」，都是同一類別的名詞，「昭」、「支」是平聲，「穆」、「本」是仄聲，所以可以對仗。「獻賦」，仄仄，「題詩」，平平，又都是動賓結構，所以對仗。「栽花」對「種竹」，是平平對仄仄（竹是入聲字所以是仄聲），也都是動賓結構，所以對仗。「落絮」對「遊絲」，是仄仄對平平，又都是偏正結構，所以對仗。「花一樹，柳千枝」是平仄仄對仄平平（「一」是入聲字）。

　　對仗要求詞性一致、結構相同，而平仄相反。多背誦《聲律啟蒙》，自然能對對仗形成語感。

　　我們的語言分為口語與書面語。口語是不能入詩的，書面語包括散文和駢文，詩的語言離散文遠而離駢文近。駢文是全文基本對仗的文體，除此而外，駢文還特別重視辭藻的美麗、用典的貼切。

　　像上文「海棠春睡早，楊柳晝眠遲。五兩秋風能應候，一犁春雨甚知時」就有著很美麗的辭藻，令人如展畫卷。同時，「海棠春睡」用唐玄宗時楊貴妃酒醉見駕，玄宗說「豈是妃子醉，真海棠未睡足耳」之典，「楊柳晝眠」用漢苑有柳如人，名人柳，一日三眠三起的傳說。「五兩」是古代軍營中，用雞毛繫在五丈高的旗桿頂上，用來測風向和風力的工具。

　　而「韓子名高，潮海做享神之廟；羊公德大，峴山樹墮淚之碑」就都是用典了。「韓子名高」兩句，是說唐代韓愈因諫迎佛骨，被貶至潮州，在潮很得民心，潮人為之建韓公祠，以作紀念。潮州近於海，故稱潮海。「羊公德大」二句說的是晉代的羊祜，因鎮荊州甚得民心，他死後葬於峴山，百姓望其碑者莫不墮淚。

　　背誦《聲律啟蒙》，可以多掌握一些美麗的辭藻，多了解一些常見的典故，這是第三個好處。

　　駢文有一種很獨特的對仗方法，稱作扇面對。《聲律啟蒙》中「女子眉纖，額下現一彎新月；男兒氣壯，胸中吐萬丈長虹」、「秦嶺雲橫，迢遞八千之遠路；巫山雨洗，嵯峨十二之危峰」、「秋雨瀟瀟，爛漫黃花滿徑；晚風颯颯，扶疏綠竹當窗」……都是扇面對。它是第一句和第三句對，第二句和第四句對，如摺扇的扇面。

　　詩中很多出彩的句子，都是用駢文的扇面對壓縮而來。像「竹喧歸浣女，蓮動下漁舟」（王維）、「綠垂風折笋，紅綻雨肥梅」（杜甫）這樣的句子，其實都是駢文扇面對，是「竹喧，歸浣女；蓮動，下漁舟」與「綠垂，風折笋；紅綻，雨肥梅」的對仗。

　　精熟《聲律啟蒙》，有助於讓詩的句法不再平板，而有著駢文的靈動，這是第四個好處。

從讀寫中學平仄

「故園東望路漫漫。雙袖龍鍾淚不乾。馬上相逢無紙筆，憑君傳語報平安。」這首詩，是大家耳熟能詳的唐代詩人岑參（cān）的《逢入京使》。詩中的「漫漫」是聯綿詞，要念成 mán mán，屬於上平聲十四寒韻的字。但是某網紅教授卻念成了 màn màn，說明他對詩的聲律、字的平仄知之甚淺。

有一位詩友評論說：「不寫詩、不在實踐中體會平仄聲律的人，可能就算知道是平聲也讀成仄聲。對於他們，平仄只是冷冰冰的、需要死記硬背的東西。」

這位詩友指出的問題很有普遍性。大學中文系有《古代漢語》課程，這門課照例都是要講平仄和近體詩的聲律的，但很多中文系古代文學、古代漢語專業的教授，都不能正確分辨平仄，便是因為他們在學習時，只把平仄當作了聲音的符號，卻沒有形成以平仄對漢字排兵佈陣的習慣。

光是記得陰平陽平屬平聲，上去入三聲屬仄聲，光是記住近體詩的十六種聲律，並不能幫助他們正確分辨平仄。《文學遺產》雜誌上有篇文章討論黃庭堅的拗體詩與其書法風格的關係，所舉的「拗體詩」例中，「諸生齊載筆縱橫」、「胸次不使俗塵生」、「江觸石磯砧杵鳴」，這三句都不是拗體的詩句。

所謂的「拗」，是指不合近體詩的平仄要求的句子，卻出現在了近體詩當中，是詩人故意模倣古體詩的音調，以產生奇崛古拙之效的一種嘗試。但這三句的平仄分別是平平⑰仄仄平平、平平仄仄仄平平、⑰仄⑭平平仄平，每一句都符合近體詩的平仄，根本不拗。

此處「縱橫」之「縱」，古音子容切，即讀 zōng 的音；「胸次」的「次」，有上平聲四支韻的平聲讀法，讀如咨；「俗」、

「石」都是入聲字,「砧」是平聲而非去聲。作者把這幾個字的平仄都標錯了,所以就得出了錯誤的結論。

那麼,如何去記平仄,才不會犯類似錯誤呢?

方法很簡單,就是從讀寫的實踐中去記平仄,這樣才會形成平仄的語感,臨到用時,方不會捉襟見肘。

首先可以從喻守真先生的《唐詩三百首詳析》中的律詩部分讀起。

像杜審言的《和晉陵丞早春遊望》末句「歸思欲沾巾」,喻先生標為平仄仄平平,駱賓王的《在獄詠蟬》第二句「南冠客思深」,喻先生標為平平仄仄平,你就該知道「思」字念仄聲,再去查韻書,知道「歸思」、「客思」的「思」是名詞,念 sì。李商隱的《籌筆驛》,第三句「徒令上將揮神筆」,喻先生標為平平仄仄平平仄,你該知道表示「使令」之意的「令」,念作 líng。王灣的《次北固山下》,「風正一帆懸」,喻先生標為平仄仄平平,「鄉書何處達」,喻先生標為平平平仄仄,你就該知道「一」、「達」二字不念平聲,查韻書知道它們都是入聲字。

在掌握了詩的聲律之後,每讀一詩,都要先默想詩中每一字的平仄,並與詩律相對照,尤其是多讀近體詩,如果出現古人近體詩的平仄與你所默想的不一致,一般來說都是你搞錯了字的平仄,日積月累,自能瞭如指掌。

龔自珍的詩:「荒村有客抱蟲魚。萬一談經引到渠。終勝秋磷亡姓氏,沙渦門外五尚書。」你在明瞭詩律之後,會疑惑最後一句的平仄怎麼會是平平㊣仄仄仄平,與詩律要求的平平㊣仄仄平平不合?如果你去翻檢韻書就會發現,原來表示官職的「尚書」之「尚」音 cháng,是個平聲字。

還可以通過練習對對子去掌握平仄。這是古代學童學習平仄的不二法門。

凡是對聯必須對仗。所謂對仗,是指上下兩句整齊相對,如古時帝王將相出行的儀仗隊一樣。

　　對聯和律詩都是受駢體文的影響而出現,駢文中的對聯,聲律較寬鬆,但隨著律詩的盛行,對聯在聲律上就向律詩趨同,特別是五言和七言的對聯,只要是單獨出現,都要求上聯最後一個字是仄聲,下聯最後一個字是平聲。傳統相聲《八扇屏》裏說:「上聯把音壓下去,下聯把韻挑起來,你這麼一聽,它就是對子、上下聯兒。」《八扇屏》裏說到的一副七言對子「風吹水面千層浪,雨打沙灘萬點坑」,「浪」是仄聲,「坑」是平聲,在北京話裏頭,「浪」字念起來是由高到低的,「坑」字則是不高不低保持水平,相對於「浪」字,「坑」字聽起來反微有上揚之感,這就是「上聯把音壓下去,下聯把韻挑起來」的意思。

　　五言、七言的上下聯,最後一字必須上仄下平,這是對聯的最基本的要求。我們身邊很多家庭因不懂得這個道理,把尾字仄聲的上聯貼在了左邊,把尾字平聲的下聯貼在了右邊,這樣上下聯就完全搞反了。

　　金庸先生說,有很多讀者看了盜版書,相信他與古龍、倪匡合出了一個上聯「冰比冰水冰」徵對,遂寄了下聯給他,這是在浪費時間心力。因為根據對聯的要求,上聯的末一字不能是平聲,「冰」字是下平聲十蒸韻中的字,不能作為上聯的末字。

　　五言、七言以外的對聯,在宋代以後,也基本遵循上聯末字用仄,下聯末字用平的聲律規則,但有時候對聯的創作者一意模古,像駢文一樣放寬聲律,也能寫出意境上佳的名作。比如湖南嶽麓書院門前的對聯:「惟楚有材,於斯為盛。」「材」是平聲,「盛」是仄聲,就是不符合「上聯末字用仄,下聯末字用平」原則的對聯,體現出湖南人「無所依傍,浩然獨往」

的文化精神。但這樣的對聯畢竟是少數，初學者更不可據以為範式。

對聯要求的對仗，單從聲調上說，一是要求在節奏點上平仄相對，二是要求每一句的末字平仄相對。《聲律啟蒙》是最工整不過的駢文，它是由若干副對子組織而成的，從《聲律啟蒙》的對子入手，懂得了它的規律，讀得熟，自然記得牢。

一、單字自成節奏點

所有單字的對仗，一定是平仄相對，不能有例外。如：

> 無對有，實對虛；終對始，疾對徐；唐對夏，夏對虞；金對玉，綠對朱；賢對聖，智對愚；燕對趙，越對吳；淵對岫，嶺對溪；煙對雨，雹對泥；熊對虎，象對犀；河對海，漢對淮；豐對儉，各對皆；城對市，巷對街……

今本《聲律啟蒙》中單字的對仗，惟獨二冬韻中的「春對夏，秋對冬」，「秋」是平聲字，卻以「冬」來對。我初時猜測這個「秋」字可能是「歲」字，被後來傳刻者妄改，後見祝明古本，才知原本作「春對夏，夏對冬」，可見「秋」、「冬」兩個單字平聲，是絕對不能對仗的。

二、雙音詞大都是平平對仄仄

在近體詩當中，平平和仄仄都是最基礎的音節單位。如：

> 晚照對晴空，來鴻對去燕，宿鳥對鳴蟲，白叟對黃童，海霧對江風，牧子對漁翁，暮鼓對晨鐘，觀山對翫水，綠竹對蒼松，隱豹對飛龍，野艇對村舂，禹舜對義農，芍藥對芙蓉，日觀對天津……

「醼水」之「醼」是賞醼之意，念 wàn，「日觀」之「觀」是名詞，念 guàn，都是仄聲。而「古玩」之「玩」，也念 wàn。戲曲界稱外行為「棒槌」，如果你把戲行的習慣念法《浣（wǎn）紗記》念成 huàn 紗記，林沖（chǒng）念成林 chōng，內行一定當你是棒槌。同樣，要是詩文中平仄異讀的字都讀不對，在寫詩的內行看來，你也是棒槌。

《周易》六十四卦中有一卦叫「大過」，古人有注釋說「音相過（guō）之過（guō）」，意即「大過」的「過」讀「相過」的「過」的音，是個平聲字，有學者不明其意，在講座中念了好幾遍「音相過（guò）之過（guò）」，還胡亂解釋一通，完全違背了古人注釋的本意。

雙音詞也可以平仄對仄平：

> 鏡奩對衣笥，青眼對白眉，綠窗對朱戶，六朝對三國，金馬對石渠，鶴長對鳧短，獻瓜對投李，鶯飛對魚躍，雁行對魚隊，九經對三史，翰鱸對蘇雁，朝露對夕曛……

少數時候還可能變通為仄平對仄仄，或平仄對平平，這是因為雙音詞中第二字是節奏點：

> 杜鵑對孔雀，榆塞對蘭崖，耕獵對陶漁，天地對山川，宦情對旅思……

三、三音詞要注意平聲字的連帶關係

一種情況是上句為平仄仄，下句則是仄平平，這在祝明著、劉節增補的《聲律發蒙》的平聲韻部分，幾乎全部如此：

堯舜德，禹湯功；三尺劍，六鈞弓；花爛熳，草
蒙茸；周太僕，漢司農；青布幔，碧油幢；青瑣闥，
碧紗窗；三弄笛，幾枰棋；鸚鵡賦，鷓鴣詩；霜竹
瘦，雨梅肥；杉也吠，燕于飛；紆錦綺，佩瓊琚；犀
作帶，象為梳；蓬島記，輞川圖；橫醉眼，撚吟鬚；
星拱北，日沉西；蕭史鳳，宋宗雞；呼晚渡，倚秋
崖；梅可望，橘堪懷；炊社飯，漉春醅；銀海照，玉
山頹；金翡翠，玉麒麟；濤洶（xiǒng）湧，石嶙峋；
歌北鄙，詠南薰；鷗可狎，鹿為群；西域馬，北溟
鯤；孫季閣，李膺門；蒼玉液，紫金丹；無逸帶，仲
由冠；龍夭（yǎo）矯，鳥間關；山矗矗，水潺潺；
蘇武節，鄭虔氈；眸炯炯，腹便便（piānpiān）；巫
峽石，浙江潮；乘五馬，貫雙雕；喧戲蝶，舞潛蛟；
魚變化，虎咆哮（páoxiāo）；雷煥劍，呂虔刀；雙鳳
翼，九牛毛；雲縹（piǎo）緲，雨滂沱；蘇武雁，右
軍鵝；燕市酒，建溪茶；馳驛騎，泛仙槎；攀桂客，
探花郎；風月窟，水雲鄉；銅雀硯，紫鸞笙；金錯
落，玉琮琤；龜曳尾，鶴梳翎；飛白字，太玄經；占
赤雀，賦青蠅；千里馬，九霄鵬；情慷（kǎng）慨，
意綢繆；鶺鴒觀，鳳凰樓；千里目，百年心；曾點
瑟，戴逵琴；容窈窕，鬢鬒鬖；山潑黛，水浮藍；張
素錦，結青縑；風淅瀝，雨廉纖；鶯睍睆，燕呢喃；
狐善媚，兔多饞……

這種情況還可以上句由平仄仄變為仄仄仄，而下句保持仄
平平不變：

寄遠曲，步虛詞；伯樂馬，浩然驢；孔北海，謝東山；擊石磬，絕韋編；郊鄩鼎，武城絃……

另一種情況則是上句為平平仄，下句為仄仄平，在祝明所著的平聲韻二卷中，只有「羞攘（ráng）臂，懶折腰」一例。不過，在潘瑛著、劉節增補的仄聲韻三卷中，上句為仄仄平，下句為平平仄的例子是很多的：

望眼穿，吟肩聳；理釣絲，投機抒；麥穗坡，桃花塢；合璧沉，連環解；麈尾松，貓頭笋；閔子騫，張公謹；太液池，甘泉苑；燕尾溪，羊腸坂……

可見平平仄與仄仄平是可以相對的。

下句的仄平平絕對不會出現平平平的情況，因為在詩中末三字如果是平平平，叫做三平尾，是聲律的大忌。

《聲律發蒙》平聲韻中，也有上句是平平仄，下句是仄平平的孤例「棲霞洞，落星灣」，就像劉節的仄聲韻中也有「竹枝詞，梅花引」這樣上句是仄平平，下句是平平仄的對法，恐皆為臨時變通之例，不足為訓。

四、四言以上的句子，除了句尾及上下句節奏點平仄要相對，單句之內，在節奏點上的平仄還要相間。如：

忠心（平）安社稷（仄），利口（仄）覆家邦（平）；

世祖（仄）有謨（平）延馬武（仄），桀王（平）無道（仄）殺龍逄（平）；

晉士（仄）特奇（平），可比（仄）一斑（平）

之豹（仄）：唐儒（平）博識（仄），堪為（平）五總（仄）之龜（平）；

　　波浪（仄）拍船（平），駭舟人（平）之水宿（仄）：峰巒（平）繞舍（仄），樂隱者（仄）之山居（平）……

　　明清兩代的童蒙受學，多從誦念《聲律啟蒙》開始，良有以也，以此形成平仄的語感，習焉而不察，日用而不覺。

　　平仄本為雕蟲之技，但即使是曾經傳統教育熏陶的學者也可能出錯。喻守真先生《唐詩三百首詳析》中誤標李商隱《錦瑟》「一絃一柱思華年」的思（si）字為平聲，龍榆生先生《唐宋詞格律》不知「怨」字有平聲讀法，把《醉翁操》這一純押平聲韻的詞牌歸入到「平仄韻通叶格」中，都是顯著之例。

　　也許我們誰也做不到永不出錯，但按部就班誦詩習聯，至少可以保證少犯常識性的錯誤。

從近體開始學寫詩

詹安泰先生在《無庵說詩》中說：

> 詩有聲韻美，學詩者自當兼講聲韻。近體之聲韻
> 易循，古體之聲韻難知，故學詩者當先學近體，次學
> 古體。

近體詩是唐代新產生的詩體，包括全部的律詩和一部分的絕句。它和唐以前就一直存在的各種詩的體裁之間，有著一個最根本的區別，就是它的聲律有著嚴密的規則。

唐以前的各種詩體不是不講聲律，但神而明之，存乎作者一心，依賴於作者對音韻的敏感。而近體詩通過嚴密的聲韻組織規律，也就是調平仄的方法，讓創作者不需要刻意地規避，也不會犯很多的聲病。

近體詩產生之後，習慣上把唐以前就有的五七言詩稱作古風、古詩。七言古詩又往往被稱作七言歌行。五言古詩之最短小者即是五言絕句；七言歌行之最短小者即是七言絕句。五絕、七絕分別來自五言短古與七言短歌。有人說絕句又稱截句，是截取律詩之一半而成，這個說法並不符合歷史的真相。

絕句的得名，是因為古人作詩多以四句為一意思的完結，故四句謂之一絕。絕，是斷的意思。

近體詩產生之後，一部分的絕句受到近體詩聲律的影響，這部分絕句就是所謂的近體絕。而未受近體詩聲律影響的絕句，則謂之古絕。

七言絕句受近體詩聲律影響較深，大多數都符合近體詩聲律的規則，五言絕句受近體詩聲律影響較小，大多數是不符合

近體詩聲律規則的古絕。

像我們在小學時學過的「春眠不覺曉」、「松下問童子」都是古絕，而「眾鳥高飛盡」就是近體絕。七絕當中我們非常熟悉的「故人西辭黃鶴樓」也是古絕。

近體詩法度謹嚴，就像是顏柳褚歐的楷書，結構筆畫都十分地講究，適合初學者入門。

從押韻上說，近體詩只能押平聲韻，且必須一韻到底。

何謂一韻到底呢？就是韻腳的字，都必須出自同一韻部之中。絕句的第二句第四句的末字，律詩的二、四、六、八句的末字，都得押平聲韻且必須是在同一韻部之中。

像杜甫的《望嶽》：

> 岱宗夫如何，齊魯青未了。
> 造化鍾神秀，陰陽割昏曉。
> 蕩胸生層雲，決眥入歸鳥。
> 會當凌絕頂，一覽眾山小。

儘管中間兩聯是對仗的，但因為押的是仄聲韻，卻不能當律詩看，只能歸到五言古詩的範疇中去。他的《秋雨嘆》：

> 雨中百草秋爛死，階下決明顏色鮮。
> 著葉滿枝翠羽蓋，開花無數黃金錢。
> 涼風蕭蕭吹汝急。恐汝後時難獨立。
> 堂上書生空白頭，臨風三嗅馨香泣。

由下平聲一先韻（鮮、錢）換到了入聲十四緝韻（急、立、泣），不是一韻到底，也就不是近體詩。

有時候絕句或律詩的第一句末字也收平聲，這樣第一句的末字可以放寬到鄰韻，也即在音韻上相近的韻部。比如林逋的《山園小梅》：

　　　　　眾芳搖落獨暄妍。佔盡風情向小園。
　　　　　疏影橫斜水清淺，暗香浮動月黃昏。
　　　　　霜禽欲下先偷眼，粉蝶如知合斷魂。
　　　　　幸有微吟可相狎，不須檀板共金尊。

　　在我們讀來，會覺得「妍」字與「園」字押韻，「昏」字與「魂」、「尊」字押韻，但根據口音來判斷押韻最是靠不住，必須得依照韻書。在《平水韻》中，「妍」是下平聲一先韻，「園、昏、魂、尊」都是上平聲十三元的韻。上平聲的十三元十四寒十五刪，以及下平聲的一先韻，屬於鄰韻，所以第一句末字用了「妍」字。

　　近體詩中首句可押鄰韻的現象叫作孤雁出群，我們在創作時盡可放心大膽使用。

　　必須注意，如果近體詩的第一句末字是平聲，就一定得押韻（押本韻或鄰韻都可以）。

　　某教授在《中國詩詞大會》節目中念過一首「集句詩」：「人間有味是清歡，照水紅蕖細細香。長恨此身非吾有，此心安處是吾鄉。」第一句的末字用了平聲，所以本該入韻，但「歡」在上平聲十四寒中，與下平聲七陽韻中的「香、鄉」，既不在同一韻，又不是鄰韻，該押韻而不押，就「落韻」了。

　　更不必說「香」、「鄉」同音，是謂之「重韻」，念起來特別地不舒服。有正常的音韻感的人，都不會在相鄰的兩個韻腳押同一個音。這不但在近體詩中不行，在古體詩中、在詞中，

一般也不行。

唐代韋莊的詞《思帝鄉》云 :「春日遊。杏花吹滿頭。陌上誰家年少,足風流。妾擬將身嫁與,一生休。縱被無情棄,不能羞。」「休」古音許尤切,「羞」是息流切,聲母差別非常大,是不同音的兩個字,故可相押。直到今天,在粵語、吳語中這兩個字的字音仍有較大分別。

第三句蘇軾原句是「長恨此身非我有」,⊕仄⊗平平仄仄,雖然出自詞當中,卻是一句完全符合近體詩平仄要求的律句,而改成「長恨此身非吾有」卻出律了。

近體詩的平仄排佈有著嚴格的規定。一般來說,五言要符合以下四種基本句式 :⊕平平仄仄,⊗仄仄平平。⊗仄平平仄,平平仄仄平。七言要符合以下四種基本句式 :⊗仄⊕平平仄仄,⊕平⊗仄仄平平。⊕平⊗仄平平仄,⊗仄平平仄仄平。

七言的句式是從五言增字添音而來,具體方法是取五言的前兩個字,在它的前面加上與之相反的兩個音。

在每一個句式的五言(或七言的後五字)中,一般都得有兩個平聲字相連在一起。其中⊕平平仄仄一句,在實踐中往往變成⊕平仄平仄,它與⊕平平仄仄完全等價,是一個「恆等於」的關係。比如「秋風不相待」(張說)、「今看兩楹奠」(唐玄宗)、「開軒面場圃」(孟浩然)、「淮水東邊舊時月」(劉禹錫)皆是如此。

清代仇兆鰲注杜甫的五言排律《贈翰林張四學士垍》,其中的「此生任春草,垂老獨漂萍」一聯,特別注 :「任,讀平聲。春,讀上聲,《周禮·梓人》:『春以功。』」其實這樣的注音既沒有必要,更違背了詩意。

符合近體詩基本句式的句子,我們便稱之為律句,反之,則稱作拗句。

很多性情和智識上的雙重懶漢，認為詩詞的聲律沒有意義，詩詞的意境才最重要。要知道，平仄就相當於楷書的筆畫，聲律就相當於結構排佈，只有經過聲律的訓練，才能寫出好詩，正如只有掌握了用筆使轉、間架結構，才能創作出好的書法作品。

何以會如此？原來，正常人所熟悉的詞彙都是日常用語，而日常用語是不宜入詩的，能成為「詩料」的，大多不是日常用語。只有為了符合聲律的要求，努力去擴充詞彙，尋找合乎聲律的詞語，才能超離凡庸，寫出聲韻文辭兼美的詩作。

我們不妨看一看霍松林先生幾位弟子的同題之作：

哭松林師

尚永亮（武漢大學教授）

無端靈耗破空來。匝地陰霾慘未開。

絃斷唐音雖可續，胸羅雲錦復誰裁。

當年拜別悵千里，此日西歸銜百哀。

長憶終南親絳帳，臨風不忍上高臺。

哭霍師松林先生

孫明君（清華大學教授）

冬雷震震日無晴。星隕終南大地驚。

隴上仰望黌宇客，堂前側立霍家兵。

長安數載秦川樹，弟子三千四海鯨。

自此關西無孔父，悲雲低壓泣三更。

驚聞霍老師仙逝，赴西安途中作

張海沙（暨南大學教授）

秦川霹靂嶺南聞。海水波翻白日昏。

駕鶴遙知仙境遠，牽衣難捨世間分。

文章彪炳千秋業，桃李芳菲百代勳。

太乙峰高回望首，人間遍佈霍家軍。

悼霍師松林先生

康震（北京師範大學教授）

八龍是日去秦川，萬柳煙濃泣未央。

千里未期悲白馬，兩楹已夢落梁橡。

終南皓月垂學海，渭水唐音頌堯天。

莫將長歌哭長夜，且揚薪火照杏壇。

很明顯，其中符合近體詩聲律要求的詩作，在文辭和意境上都要優勝很多。

當代有不少詩詞愛好者，信口而道，信筆而寫，作出的「詩」也是四句或八句，卻沒有聲韻或基本不考慮聲韻。當你指出這樣的「詩」不合平仄時，他們一般都會拿自己寫的是「古體詩」這一說法來辯解。其實古體詩就像書法中的草書，楷書的基本間架結構、用筆使轉都還沒掌握，卻把自己的一筆醜字說成是草書，誰能認可呢？要知道，字跡潦草和寫的是草書，這是兩個完全不同的概念呀！

學詩先學屬對

很多人從五絕、七絕開始學寫詩,這樣一開頭就走錯了路子,以後很難寫好。

五言絕句本質上是最短小的五言古詩,七言絕句本質上是最短小的七言歌行,前者要求在極精簡的文字中,盡量表現出高古樸拙的氣息,後者要求二十八字裏閃轉騰挪,極盡跌宕跳躍之能事,且須意在言外,言有盡而意無窮,都不是初學者能駕馭得好的體裁。

古人流傳下來的經驗是先從五律學起,再學七律,再學七絕。五絕不需要特意學,學會寫五古,也就自然會寫五絕了。

五言律詩共四十字,古人謂之「四十賢人」,要求字句精煉,就像唐代的楷書一樣,在筆畫、結構上最為講究,故而是最適合初學的詩體。

而在學寫五律之前,古人都是從練習屬(zhǔ)對開始,以訓練自己的詩的語感。屬對的屬是綴輯、撰寫之意,屬對即對對子。出一上聯,對出下聯,或出一下聯,對出上聯,這一過程就叫作屬對。

我們在熟讀(最好能背誦)《聲律啟蒙》之後,應該已經基本形成了對仗的語感,這時候就可以從古人的五律、七律中挑選對仗的句子,取其上聯或下聯,另對一句,以作練習。

這樣做的好處是,為了與古人的成句相對仗,你必須要潛心揣摩原作的句法,有助於你掌握詩的各種句法,從而更能領會何謂詩家語,而不致一下筆就是空洞貧乏的笨句。

屬對的對聯有兩個來源,一是來自駢文中對仗的句子,二是來自五七言律詩中間兩聯。

來自駢文的對仗句,在音節的節奏上相對自由,比如「春

草池邊，自詩人一去，柳掩花遮增寂寞；上林苑內，待儒將重來，雲騰電掣著驊騮」，上下聯各有一個五言句，節奏上一下四，分別是「自／詩人一去、待／儒將重來」；又像「倚銀屏、春寬夢窄；醒綺夢、露滑霜濃」，上下聯都是七言，但句子的節奏卻是上三下四，這種上一下四、上三下四的句法，叫作尖頭句，在五七言詩中絕對不允許出現。

通常五言的和七言的對子，都是來自律詩，要求符合近體詩的基本平仄要求，當然更要符合近體詩的音節節奏。

像杜甫的《夜宴左氏莊》，便應作如下節奏：

> 林風／纖／月落，衣露／靜／琴張。
> 暗水／流花／徑，春星／帶草／堂。
> 檢書／燒／燭短，看劍／引／杯長。
> 詩罷／聞吳／詠，扁舟／意不／忘。

李商隱《隋宮》的節奏則是：

> 紫泉／宮殿／鎖／煙霞，欲取／蕪城／作帝／家。
> 玉璽／不緣／歸／日角，錦帆／應是／到／天涯。
> 於今／腐草／無螢／火，終古／垂楊／有暮／鴉。
> 地下／若逢／陳／後主，豈宜／重問／後／庭花。

這種音節上的節奏，與語意上的節奏並不等同，而是根據近體詩句式的基本平仄要求所確定的誦讀的節奏。也就是說，五言近體的節奏是：㊀平／平／仄仄，㊅仄／仄／平平。㊅仄／平平／仄，平平／仄仄／平。七言近體的節奏是：㊅仄／㊀平／平／仄仄，㊀平／㊅仄／仄／平平。㊀平／㊅仄／平平

仄，⊘仄／平平／仄仄／平。我們無論屬對還是寫詩，都要注意不可違背這幾種基本的節奏。

2019 年中央電視臺春節聯歡晚會上，岳雲鵬表演相聲，說對聯的格律是「平仄平仄平平仄，仄平仄平仄仄平」，臺下一堆觀眾跟著念。傳統相聲一直就這麼說，但那是因為舊時但凡上過私塾的，無人不知這是錯的，所以就會產生「笑果」，讓臺下觀眾啞然失笑。而今天的觀眾已普遍沒有詩詞格律的常識，相聲演員這樣講，他們就以為正確的對聯格律就是這樣了。

某教授在 2019 年的春節所作的《元日》:「今朝晨起東風至，惆悵韶光又一年。元日元氣原應滿，新春新歲信欣然。」第三句正作「平仄平仄平平仄」，當係被相聲所誤導。

在屬對的時候，第一要注意的是平仄相對的關係。

五言的句子，上聯是⊕平平仄仄，下聯就必須是⊘仄仄平平。上聯是⊘仄平平仄，下聯就必須是平平仄仄平。七言的句子，上聯是⊘仄⊕平平仄仄，下聯就是⊕平⊘仄仄平平，上聯是⊕平⊘仄平平仄，下聯就是⊘仄平平仄仄平。

如上聯「文章藏禹井」，出自明清之際大詩人屈大均的《春山草堂感懷》，原對為 :「文章藏禹井，涕淚滿山陰。」上句是平平平仄仄，下聯可對「花草沒吳宮」，⊘仄仄平平。第一字可平可仄，故可用「花」字，且有語典，化用自李白的詩句「吳宮花草埋幽徑」。

上聯「春風春雨花經眼」，出自宋代黃庭堅《次元明韻寄子由》，原對是「江北江南水拍天。」上聯平仄是平平平仄平平仄，實即⊕平⊘仄平平仄這一標準句式的第三字由仄變平。在七言詩中，第一字、第三字、第五字的平仄往往可放寬，而二、四、六字平仄卻十分嚴格，謂之「一三五不論，二四六分

明」。而在五言句中，就是「一三不論，二四分明」。既知上聯平仄，下聯平仄也就可以確定為㈧仄平平仄仄平，可對「紅葉紅冰客憶家」、「青史青燈月映窗」、「秋夢秋魂月倚樓」、「江樹江雲雁叫風」……

比較複雜的是㈤平平仄仄這一句，往往會變成平平仄平仄，在這種情況下，第一字很少可平可仄，因為正常情況下，要保證近體詩的句子中，有兩個平聲相連在一起，這樣吟誦起來才不會發飄。

當㈤平平仄仄變成平平仄平仄時，下句的對仗仍然必須是㈧仄仄平平，而不能是㈧仄平仄平。也即是說，遇到平平仄平仄這樣的句式，我們必須把它當成㈤平平仄仄來處理，它和㈤平平仄仄是完全等價的，要經過等價還原的過程才能作對。

比如陳子昂的《渡荊門望楚》:「遙遙去巫峽，望望下章臺」，孟浩然的《過故人莊》:「開軒面場圃，把酒話桑麻」，均是上句平平仄平仄，下句仄仄仄平平。

特別需要注意的是**平平仄仄平**這一句。按照五言詩「一三不論，二四分明」的原則，第一第三字似可平仄自由，這樣就會有平平仄仄平、平平平仄平、仄平仄仄平、仄平平仄平四種可能；然而假使只變第一字，成為仄平仄仄平，就成了古人特別忌諱的一種句式。因為這一句中沒有兩個相連的平聲，吟誦起來不好聽，故叫作**「孤平」**，這是無論屬對還是寫近體詩時，都必須要避免的句式。

由於七言詩的平仄是在五言的前面增加兩個音節而成，故七言首二字處於從屬的位置，我們看一句七言詩是否犯孤平，只要看後五字即可。像平仄仄平仄仄平這樣的句式，是從㈧仄平平仄仄平變過來，儘管它的第一字也是平聲，然而仍然是孤平的句子，因為我們只要看**後五字**就可以了。

　　2017年2月，某教授發表在微博上發表「詩句」——「元祐黨爭實敗家」，有網友指出此句犯孤平，某教授以為「元」字是平聲，除去韻腳的「家」字，已有「元」、「爭」兩個平聲字，因此不犯孤平，這種認識是錯誤的。

　　另外，仄⃝仄仄平平（或平⃝平仄⃝仄仄平平）不能按「一三（五）不論，二四（六）分明」的原則，把第三（五）字變成平聲，這與孤平的情況正相反，過猶不及，謂之「**三平尾**」，一般也不允許出現在近體詩的句子中。

　　李商隱的「離情終日思風波」、「一絃一柱思華年」，分別是平平平仄仄平平和仄平仄仄仄平平，第五字都用了去聲的「思」(si)，而不用「思」的同義字「悲」，就是因為如果用「悲」字，就犯了三平尾，是近體詩聲律的大忌。

　　王維的《鳥鳴澗》：「人閒桂花落，夜靜春山空。月出驚山鳥，時鳴春澗中。」第一句是平平仄平仄，首先等價還原為平平平仄仄，它的下句應該是仄仄仄平平，但王維用了仄仄平平平，就犯了三平尾。但我們知道，五絕本質上是五言短古，它的聲律當然就不如近體詩那樣嚴格。

　　最複雜的情況是，對聯或近體中，都允許出現仄⃝仄平仄仄或仄⃝仄仄仄仄的句式，這樣的句式屬於拗句，遇到它時，它的下句要有特別的處理。

　　仄⃝仄平平仄這一句，根據「一三不論，二四分明」，可以變成仄⃝仄仄平仄，這當然沒有問題，下句仍按平平仄仄平來對，當然也可以對平平平仄平、仄平平仄平。

　　但在「一三不論，二四分明」的原則以外存在著一個「法外之地」，就是仄⃝仄平平仄的這一句的第四字，可以變成仄聲，也就是仄⃝仄平仄仄或仄⃝仄仄仄仄。然而這一句不能單獨存在，它的對句要經過特殊處理，必須只能是平平平仄平或仄平

平仄平。這種特別的處理就叫作「**拗救**」，是通過下一句增加一平聲，或者把雙平聲的節奏往後挪一個音位，而在吟誦時產生平衡的效果，故謂之拗救。

像我們熟悉的「野火燒不盡，春風吹又生」（白居易）、「向晚意不適，驅車登古原」（李商隱）皆是拗救的著名例子。

上面說的是五言的情況，七言自可類推，「映階碧草自春色，隔葉黃鸝空好音」（杜甫）、「一身報國有萬死，雙鬢向人無再青」（陸游）均作如此處理。這是我們在屬對、作詩時都要特別注意的地方。

前已講過，五言或七言的後五字為仄平仄仄平，就是孤平。在第一字一定要用仄聲的情況下，第三字就一定要用平聲，變成仄平平仄平。把雙平聲的調子往後挪了一個音節，這也可算一種拗救，古人稱為「**當句救**」，以與上面的「**對句救**」的情況相區別。

比如某教授的「寧有種乎睥王侯」一句，是平仄仄平仄平平，第五字當救不救，是犯孤平，第六字不當救而救，就更加拗口不可吟誦了。

工對的技巧訓練

漢語的文學體裁，舉凡詩歌、散文、小說、戲曲，每一樣都可以在其他民族的文學中找到類似的對應物，惟獨講究對仗的駢文，是漢語所獨有的。最短的駢文——對聯，也為漢語文學所獨擅。

中國人相信「一陰一陽之謂道」，對聯的上下句，平仄相異，字意相反，而又必須統一在相同的詞性中，上聯是一意，下聯又是一意，上下聯意思合在一起，復能生發出新的意思，這正體現出陰陽燮理、化生萬物的哲學思想。故而練習屬對，也是在強化中國人的文化基因。

屬對，一言以蔽之，就是要能「對得起來」，除了要合乎平仄的規定，還要注重字意和詞性，尤其要注重的則是結構。

寫詩詞也好，對對子也罷，都是要用文言文。文言文以單音的詞為主，也就是說單獨一個字，一般就是一個獨立的詞，與現代漢語以雙音詞為主的情形很是不同。古人也沒有現代人的名詞、動詞、形容詞、介詞、副詞、連詞、助詞等概念，我們稱詞性，古人只稱字性。

古人把字分成兩種：實字、虛字。對仗的原則就是：

實字對實字，虛字對虛字。

實字包括名詞、數詞、量詞，它們只能同類相對，古人又稱死字，即不可移動不能變化的字。

而名詞數量詞以外，所有沒有實在的形體或數量的字，都是虛字。動詞是虛字，形容詞是虛字，介詞副詞都是虛字。虛字裏的助字獨為一類，大致包括今之所謂連詞與助詞，如然

而、若夫、之、乎、者、也一類的詞，通常不會和別的虛字對仗。

當代楹聯大家王翼奇先生題孔廟聯：

由也求也，麟兮鳳兮。

就是用「也」對「兮」，兩個語助詞的虛字相對。

虛字中動詞又稱活虛字，或簡稱活字，而形容詞、副詞則稱為死虛字。因為動詞最靈活、最富變化，往往可以和連詞助詞以外的所有虛字相對仗，甚至有時候它還可以和實字對仗，故稱活字。

對仗一般來說有工對與寬對之分。

工對是指：

（一）實字必須同類相對。如「桃紅」對「柳綠」，「滄海」對「藍田」（滄借了蒼的音，故可與藍對），「萬里」對「百年」，「西嶺」對「東吳」之類；

（二）活虛字對活虛字，死虛字對死虛字，也即符合現代語法中同一詞性相對的原則的對仗。如「月明」對「日暖」，「作客」對「登臺」，「珠有淚」對「玉生煙」等。

而寬對就只需要實字對實字，虛字對虛字就可以了，甚至在一定情況下，實字還可以跟虛字對。

寬對之寬也不是隨意來的，我們先要掌握工整的對子，才會明白寬對如何地「寬」。

在工對中，實字因係不能變化的死字，故只能在同類中對。比如「兩個黃鸝鳴翠柳，一行白鷺上青天。窗含西嶺千秋雪，門泊東吳萬里船。」這首絕句是兩個七言的工對的組合。

我們不妨想一下，「黃鸝」能和「灘鷺」對嗎？「衰柳」可

以對「青天」嗎？「寒嶺」對「東吳」，「晚秋雪」對「萬里船」呢？答案是不可以。從現代漢語的角度看，都是偏正結構的名詞，結構相同，詞性一致，如何就不能對呢？但須知「黃」、「白」、「翠」、「青」都是表色彩的實字，「東」、「西」是表方位的實字，「兩」、「一」、「千」、「萬」是數目實字，既然是實字，就都只能在同類中對，只有這樣才算得上是工對。

有時候不是數目字卻有數目意思的字，也可以用數目字對。

魯迅小時候在三味書屋讀書，壽鏡吾老先生出上對「獨角獸」，同學有對「兩頭蛇」，有對「三腳蟾」的，這些都可以及格。不過魯迅對的是「比目魚」，就是能得壽老先生稱讚的上佳答案了。因「獨」不是數字，但有單的意思，「比」也不是數字，但有雙的意思，既保證了對仗的工切，又避免了呆板，這樣的屬對就十分完美了。

當代人學習屬對，可以先從現代漢語的語法分析入手，到一定層次後，再去了解實、虛、活的概念。當然，如果已經有背誦《聲律啟蒙》的基礎，已經背誦過百首以上的律詩，各種基於語法的分析都是不必要的，因背誦而形成的語感更加可靠。

「對不起來」的情形有兩種：

一種是平仄、字意、詞性、結構不對仗，當代很多人寫的對聯都是如此。

比如有一副悼二月河的對聯「二月河開凌解放，一剪梅落玉簟秋」，就屬於「對不起來」的對子。上聯仄仄平平平仄仄，下聯應該對㊥平㊋仄仄平平，卻對的是仄仄平仄仄仄平，平仄先錯；「二月河」對「一剪梅」，「二月」是表時間的實字，與顏色、數目、方位等詞一樣，也只能和同類的表時間的字來

對，「一剪」就與之對不上了。凌解放是二月河的本名，但在這裏有雙關意，指的是河冰融化，從結構上看是主謂結構，主語是「凌」，謂語是「解放」，而「解放」又是並列結構的動詞；玉簟秋可以理解為「玉簟（竹席）上秋天來臨了」，「秋」字活用為動詞，那麼這個主謂結構就是以「玉簟」為主語，「秋」為謂語，「簟秋」二字，也不存在「解放」二字那樣的並列關係，結構上也對不起來。

更嚴格一點說，二月河、凌解放是同一人的筆名和本名，下聯也得用同一人的字號和本名來對，且也必須形成雙關。

曾有一副很有名的對子：「碧野田間牛得草，金山林里（裏）馬識途。」碧野、田間、牛得草、金山、林里、馬識途都是文藝界的名人，連綴起來恍如天成，惟一的缺憾是「識」是一個入聲字，下聯音律有問題。

當然，這種對聯近乎文字遊戲，與作詩關係不大，我們沒必要對這類對聯太用心力。

第二種情況是上下聯儘管都符合平仄和詞性、結構的要求，卻出現意思相同的詞，甚或整句意思都一樣，這樣的情況叫作**合掌**，過猶不及，也是「對不起來」的不合格的對子。

曾有讀者購買拙著的簽名本，希望我題寫「胸藏文墨懷若谷，腹有詩書氣自華」這兩句，我直接拒絕了，首先是因為「胸藏文墨」和「腹有詩書」意思一樣，犯了合掌，其次上聯後五字是⊗仄平仄仄，是由⊗仄平平仄變過來的拗句，下聯後五字必須是⊕平平仄平，這才能補救上句音律上的「拗」。「拗」指的吟誦時拗口，故下句要讓第三字變成平聲，以獲得聽覺上的平衡。但「詩書氣自華」五字中，第三字的「氣」仍是仄聲，未救上句，這就出律了。

而諸如「願覓尋常句，甘吟自在詩」、「如雲歲月絲千結，

似綺年華指一彈」、「三載見聞休自陋，十年離別已無求」、「籬戶半開尋妙韻，柴門緊閉覓靈琛」、「今朝玉骨豔驚世，他日冰肌淒化塵」，這些句子都存在合掌的現象。「尋常句」與「自在詩」，「歲月」與「年華」，「載」和「年」，「籬戶」與「柴門」、「妙韻」和「靈琛」，「玉骨」和「冰肌」，都是一個意思，在屬對時都應避免。

屬對時要注意上下聯文氣的連屬，不能一個字一個字地硬對，而應按照完整的意象去對。

我在指導深圳圖書館主辦的詩詞寫作研修班時，曾出過上聯「別來明月梁空滿」，要求對出下聯。這是從明代阮大鋮《詠懷堂詩集》中摘來的句子，但我記錯了一個字，原對是「別來明月梁頻滿，何意深林屐不疏」。對得比較好的有「坐到疏桐鳥未鳴」、「夢入重山影更單」、「憶著前情夜已闌」、「卜罷青錢心不寒」、「望極天涯雁久疏」、「數盡殘更夢不成」、「唱徹陽關淚未乾」等。

尤以「去後相思天一涯」最佳，因為它與上聯在意象上最有內在關聯。「天一涯」和「梁空滿」是如何可以對仗的？我們只要把上下聯省略的成分補足就可以理解了。上聯是「別來明月於梁間空滿」，下聯是「去後相思在天外一涯」，兩句的句意是相對的，但具體到每一個字，卻並不工整對仗，「滿」是活虛字，「涯」是實字，本來是不能對仗的，但這裏的「滿」可以理解為變實在了的灑滿屋梁的月光，虛字實化了，故可與「涯」相對。

而像「客裏光陰書未拋」、「恨起淚眸花始穠」、「歸去故人觴始頻」、「望斷夕陽林盡燃」、「望裏春山日又斜」這幾句，儘管平仄、字意、結構都能對，在意象上卻缺少較緊密的關聯，或者說不能形成一個完整的畫面，所以就要遜色一些了。

最為工整的對子，有人稱之為合璧對，即不但實字同類相對，不但活虛字對活虛字，死虛字對死虛字，每個字的意思都在同一類屬中。

比如孟浩然的「戶外一峰秀，階前眾壑深」，「戶」與「階」都屬屋宇類，「峰」與「壑」都屬山類，「外」與「前」是方位實字，「一」與「眾」是數目實字，「秀」與「深」都是死虛字。岑參「花迎劍佩星初落，柳拂旌旗露未乾」，「花」、「柳」屬花木，「劍佩」、「旌旗」屬儀飾，「星」、「露」屬天類，「初」與「未」是兩個死虛字，「落」與「乾」是兩個活虛字。

《聲律啟蒙》裏的對子，都十分工整，真正寫詩時，十分工整的對句是很少的，因太工整了一是顯得呆板，二是纖巧傷氣，但初學者只有先求工整，掌握詞性的奧祕，才能進而求屬對的活潑雄渾。

書法領域有一句名言：「初學分佈，但求平正；既知平正，務追險絕；既能險絕，復歸平正。」詩中屬對的道理是一樣的。

屬對的三個要訣

初學者學屬對，一定要從古人或近代名家的對句中選擇一句，以對另一句，不要自己或讓同學友人隨意出上對。這樣的好處是可以拿自己對的和古人的原對作比照，較易於學習古人，不止訓練了屬對的技巧，更可以感受名家、大家的藝術氣息。

我所指導的深圳大學國詩社，社員多是深圳大學的在校生，每天晚上八點，由一人出對，出對者和其他同學一起屬對，要求就是從古人的對句中摘出上句，來對下句。這些學詩的同學經過一段時間的屬對訓練後，都能寫出合格的詩作，掌握對句的平仄更不在話下。

略摘數聯，以見一斑：「老歸大澤菰蒲盡，病入新年歲月流」（魯迅原對：夢墜青雲齒髮寒）、「巧囀豈能無本意，芳心只是裊晴絲」（李商隱原對：良辰未必有佳期）、「禪悅新耽如有會，詞心偶接便銷魂」（朱孝臧原對：酒悲突起總無名）、「不信有天常似醉，曾經多夢亦逢秋」（陳子龍原對：最憐無地可埋憂）、「急縛何人攖怒虎，安禪至夜戰狂龍」（查慎行原對：叢祠有鬼託妖狐）、「尋夢客迷蝴蝶洞，惜花春老杜鵑山」（丘逢甲原對：看山秋上老龍船）、「浮雲不負青春色，斷岸遙傳白芷香」（杜甫原對：細雨何孤白帝城）。

深圳大學國詩社的對子多選七言，相對較難，初學者宜先從五言的對句開始練起。五言精煉，又多是工對，能讓學詩者打好語言基礎。在練習了一兩百副五言的對子後，再進行七言的訓練會更有成效。古人云「成如容易卻艱辛」，須知天下絕沒有不付出努力就能成功的事業。

需要注意的是，在訓練對對子時，不能機械重複自己的語

言習慣，而應先之以識見，要知道該朝哪一方面努力。

首先，應避免照字面硬對，要能注意到上下聯的照應，要讓上下聯合在一起，能形成完整的畫面。

如上聯「月痕在水魚吹沫」（陳三立原對：鐘籟搖山鶴警眠），有人對「潘鬢盈頭客斷腸」、「心事隨風葉走波」、「酒肆堆香客棄家」、「犀角燃燈龍出鱗」，這些對句在字面上都很工整，但上下聯不能渾融一氣，不能組為完整的畫面，都不太成功。

而像「雲影浮天雁叫霜」、「松籟生秋嘯入雲」、「星漢橫天笛倚樓」、「梅蕊先春氣入懷」、「日腳沉山雁負紅」，就都是比較好的對句了。

詩中的對，大多屬於寬對，不必過求工整，因此不一定要同類相對，只要做到虛字對虛字、實字對實字就可以了。

其次，要注意對對子不是找反義詞，不需要每個字意思都相反，更不要時間對時間、空間對空間，應該考慮的是上下聯意象之間的對比。

比如有一副對子是「小樓容我靜，大地任人忙」，小樓對大地，不能說不工，但對得太呆板了，如將「大地」改為「一世」，表空間的「小樓」對表時間的「一世」，意蘊更加綿長。

意象上的對比，有「一」「多」相對，如：「海右此亭古，濟南名士多」、「出門流水注，回首白雲多」、「一去紫臺連朔漠，獨留青塚向黃昏」、「海內風塵諸弟隔，天涯涕淚一身遙」。

有「時」「空」交錯，如：「梅花萬里外，雪片一冬深」、「歲暮遠為客，邊隅還用兵」、「逐客雖皆萬里去，悲君已是十年流」、「雪嶺獨看西日落，劍門猶阻北人來」。

有「虛」「實」相生，如：「四十明朝過，飛騰暮景斜」、「神仙才有數，流落意無窮」、「行李須相問，窮愁豈有寬」、「可

憐懷抱向人盡，欲問平安無使來」……

古人所講的虛字實字，在一定的語意條件下可以轉化，故「飛騰」本皆虛字，而喻指飛黃騰達的狀態，就變「實」了，因此可與「四十」對。「流落」本皆虛字，但在句中是流落無依之狀態，也就「實化」了，故與「神仙」能對仗。「行李」對「窮愁」、「懷抱」對「平安」也是同樣的情況。

掌握這些技巧，不止對屬對大有裨益，更有助於寫出有詩意的詩詞作品。

第三，屬對有言對與事對之別，言對只要求意思、字面的相對，而事對卻要求上下聯的用典使事也能做到工切，這就對學詩者提出了更高的要求。但用典使事又是作詩詞所必備的技能，必須熟練掌握。

由於中小學語文課本中所選的詩詞，多是通俗易曉富於畫面感的名篇，這就給社會上大多數人一種錯覺，以為古典詩詞都是這樣的風格。其實不然。歷史上大多數的詩詞都是用了典的，不用典平白如話的詩詞反而是少數。

用典的好處一是讓字數有限的詩句，能承載更深的意思，能帶給讀者更多的聯想，二是讓語言更加古雅，更有詩味。對句中如果一句用了典，另一句一般也得用事，對句要求銖兩悉稱，用典使事也必求平衡。

比如李商隱的名句「身無彩鳳雙飛翼，心有靈犀一點通」，出自他的《無題》詩：

昨夜星辰昨夜風。畫樓西畔桂堂東。

身無彩鳳雙飛翼，心有靈犀一點通。

隔座送鈎春酒暖，分曹射覆蠟燈紅。

嗟余聽鼓應官去，走馬蘭臺類轉蓬。

　　一般認為，「心有靈犀一點通」用的是《漢書・西域列傳》顏師古注：「通犀，中央色白，通兩頭。」但「點」字無著落，更未見有學者求得鳳翼之典實。

　　我們知道，「一點」是來對「雙飛」的，「點」必定與「飛」一樣，也是虛字，而非像「一點兩點千萬點」的「點」那樣是實字。《異苑》載，溫嶠至牛渚磯，「聞水底有音樂之聲，水深不可測。傳言其下多怪物，乃燃犀角而照之。須臾，見水族覆火，奇形怪狀，或乘馬車，著赤衣幘。其夜，夢人謂曰：『與君幽明道隔，何意相照耶？』嶠甚惡之，未幾卒。」李商隱用的就是這個典故，「點」在這裏是「點燃」之意。

　　「身無彩鳳雙飛翼」更非泛泛之語，而是由實物而發生的聯想。在唐代有一種遊戲叫「鳳翼」，李商隱由這一遊戲，而聯想及彼此不如彩鳳，生有雙飛之翼，又由桌案上的犀角骰子，想到只要心中有靈犀，一旦點燃，就能照通幽明。

　　以下一聯，說的是「藏鈎」、「射覆」的遊戲，扣得極緊。可知古人用典下字，無一虛應。

　　不明典故，不但寫不好詩詞，也無法正確理解詩詞。從事古文獻、古代文學研究的學者，如果能熟記常用典故，更可通過用典來辨析版本、校訛補闕。

　　比如乾隆三十年梁釴重刻《蓮香集》，卷四張喬《喬仙遺稿》有一首五律《馬》：

> 支公宜畜馬，武子更能騎。
> 骨換黃金重，聲遒紫塞悲。
> 香泥沾錦帳，花路積胭脂。
> 暫可蘇堤下，春遊繫柳絲。

只要知道馬惜障泥的典故，就會發現「香泥沾錦帳」的「帳」是訛字，正確的字是「障」——

> 王武子善解馬性。嘗乘一馬，著連錢障泥。前有水，終日不肯渡。王云：「此必是惜障泥。」使人解去，便徑渡。
>
> ——《世說新語》

障泥是馬身的飾品，垂於馬腹兩側，用以遮擋塵土。蘇軾詞《西江月》有云：「障泥未解玉驄驕，我欲醉眠芳草」，也是暗用了這個典故。

又如貴州銅仁有一徐氏古村，村裏存有一殘缺的古聯：「□觀祕書求有得，□華精理契無言」，謂是乾隆中名士汪鏞書贈其祖徐樂源之作。前闕二字，是在 20 世紀六七十年代時燒燬，無人能補。

我最初想的是「虎觀祕書求有得，龍華精理契無言」，虎觀，指東漢時著名的白虎觀，乃當時朝廷修繕儒學之所；龍華，則是佛教之典，說彌勒菩薩於龍華樹下三次說法，終於成道。但龍華與「無言」之旨不相扣合。

後來想到，正確的答案應該是「東觀祕書求有得，南華精理契無言」。東觀是東漢的國史館，扣住「祕書」；南華指《南華經》，亦即《莊子》，莊子認為要「得意忘言」，補成「南華」，才與「精理契無言」妙契無間。

尤須注意，對句中的用典，往往會活用而不拘泥。

如晉代王獻之有小妾名桃葉，嘗過江，獻之臨渡口歌以迎之，故留下了桃葉渡的地名。而辛棄疾的《祝英臺近》，首二句「寶釵分，桃葉渡」，「渡」卻是與「分」對仗的虛字，此

二句意謂，寶釵分作了兩股，桃葉也渡江北去了。如把詞中的「桃葉渡」解為地名，就不免謬以千里了。

《文心雕龍》裏說：「言對為易，事對為難。」屬對而求得字面的工整是很容易的，難的是要照顧到上下聯的用典使事。

如何才能做好「事對」呢？古代童蒙教材中就涉及大量典故，清代以來《聲律啟蒙》、《龍文鞭影》都是很好的入門書，今天學詩當然也應該熟悉這兩部書。而一些基本的國學經典，如「四書」、《莊子》、《史記》、《漢書》、《世說新語》也須過目。

平時讀古人詩，一定要讀一些經典的箋注本，比如仇兆鰲的《杜詩詳注》、王琦的《李太白詩集注》、趙殿成的《王右丞集箋注》、朱鶴齡的《李義山詩集注》等。

還要善於利用工具書。古人為了便利詩文創作，編撰了大量的類書，把一切典籍上的知識分門別類，以供著文作詩時採擇。唐宋時有名的類書有《初學記》、《藝文類聚》、《冊府元龜》、《太平御覽》等，清代以來，最常用的類書是《淵鑒類函》和《駢字類編》，平時在屬對及作詩填詞時，多多翻閱類書，對提昇創作水平極有神效。

近體詩的黏對

經過一段時間的五七言對聯的訓練，在熟練掌握五七言對聯的平仄、遣詞、用典之後，就可以進入近體詩的寫作練習了。

有人以為，詩最重要的是性情、意境，提倡學詩先從最低標準開始，即只要先押上韻，什麼平仄黏對一概不管，熟練以後，再慢慢去就合近體詩的聲律要求。這種見解是錯誤的。

一切藝術首先都是技術，只有先精於技，才能更進於藝，最終方能近於道。一開始學作近體詩，就必須嚴格按照它的聲律來寫，如此才不會思想懶惰，總是用最先想到的日常詞彙去寫詩，寫出來的全是沒有詩味、不雅馴的口水詩、順口溜。

近體詩的平仄排佈，比五七言對聯要稍微複雜一些，但基本原理卻是一樣的。

1956 年的初三語文課本，有「文學常識」這一專門的知識單元，講授「詩歌的一般特點」。文中不但談到了押韻和調平仄這些今人看來已顯冷僻的知識，更有一段很重要的話：

> 詩歌一般是要吟誦的，有的還要配上樂曲歌唱。詩歌的語言，有鮮明的節奏。我們讀詩歌，往往隨著詩裏的感情的波動，在詩句裏一定的地方作或長或短的停頓，讀成抑揚頓挫輕重緩急的調子。這種調子的抑揚頓挫輕重緩急，就是詩歌的節奏。例如，張志和的《漁歌子》，就可以作這樣的停頓：「西塞山前 —— 白鷺飛，—— 桃花 —— 流水鱖魚 —— 肥。—— 青箬笠，—— 綠蓑衣，—— 斜風 —— 細雨不須 —— 歸。」

文中的破折號代表的是語音的延長。這樣念詩,所依照的不是語意,而是吟誦的規則。吟誦是從唐代開始流行的念詩的調子,它的原則是:

（一）平長仄短,韻腳回環;

（二）一三五不論,二四六分明。

唐代人發現平聲字的讀音拖長後,聲調是沒有變化的,而上去入這三組仄聲一旦拖長,聲調就變了,故在吟誦時,將平聲字拖長來念,而仄聲則發短音;而每逢韻腳的字,都可以拖長以行腔,即所謂的「韻腳回環」。

又因七言中的二四六字（五言中即為第二第四字）是節奏點,故其發音就更要明確長短,即所謂「二四六分明」,而七言的一三五（五言中的一三）字不是節奏點,故其發音長短,相對就不那麼重要,此即「一三五不論」。

唐代產生的新詩體「今體詩」,自宋代以後稱「近體詩」,其念長音的字和念短音的字,排佈有特定的規律,將這種規律以平仄的形式記錄下來,就是近體詩的聲律。

近體詩的聲律,比對聯的聲律複雜在兩個地方:

一是對聯的上句,最後一字只能是仄聲,但詩中第一聯,可能上下句最末一字都是平聲,如「城闕輔三秦,風煙望五津」、「君問歸期未有期,巴山夜雨漲秋池」,這樣的一聯,上下句如何在聲律上相對?

二是聯與聯之間也有著新的連帶關係,這種關係稱作「黏」,與一聯中的上下句「對」的關係不同,它又是如何「黏」起來的呢?

先說第一個問題。

如果上聯是平平仄仄平，下聯應該如何對呢？下聯不應對仄仄平平仄，而應該對仄仄仄平平。它的聲調對仗，是把平平仄仄平從節奏上分為平平—仄仄—平，第一個音步平平，對的是仄仄，第二個音步仄仄，錯到後面對平平，第三個音步平，錯到前面對仄。如圖所示：

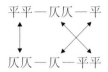

如果上聯是仄仄仄平平，下聯也不能對平平平仄仄，而應該對平平仄仄平。其原理如圖所示：

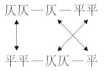

這是五言的句子，如果是七言，就是在五言前面加上一個音步，它的平仄必須與五言開頭二字的平仄相反。如下二圖：

再說第二個問題。詩中兩聯之間的關係，存在於上一聯的下句與下一聯的上句之中，這兩句就必須遵循「黏」的原則。所謂「黏」，最低限度要保證前二字的平仄相同。

我曾有一首詩，題為《戊戌二月初二日，同定金、全汝、引晟侍鄧丈步峰重遊可園，聽女曲家歌。定金率得句「小樓歌曲同今日，南國衣冠異昔時」，因為足成一律》，詩曰：「可園風物舊縈思。荊粉鵑紅色未移。小樓歌曲同今日，南國衣冠異昔時。醉嘯不堪春已老，曼吟應有夜來悲。綺臺欲下頻回首，何限南音訴子規。」

這首詩是三分鐘寫成的急就章，作完後友人王定金先生指出第一聯與第二聯失黏了。本詩第三句（頷聯上句）是㊛平㊜仄平平仄，和第二句（首聯下句）的㊜仄平平仄仄平，首二字一為㊛平，一為㊜仄，明顯失黏。遂將此詩前二句調換了一下位置，變成：「荊粉鵑紅色未移。可園風物舊縈思。小樓歌曲同今日，南國衣冠異昔時。醉嘯不堪春已老，曼吟應有夜來悲。綺臺欲下頻回首，何限南音訴子規。」

其平仄排佈如下：

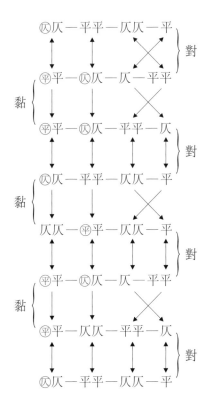

這樣就不存在失黏的問題了。

需要相黏的句子，一定是上一聯的下句和下一聯的上句，這就要求前一句一定收平聲尾，後一句一定收仄聲尾，其原理圖如下：

（平平）—仄仄—仄—平平

（平平）—仄仄—平平—仄

或

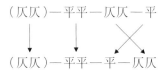

我們可以這樣記憶：在近體詩中，只要上句末一字是平聲，下句無論黏對，後面的兩個音步都要錯過來黏或對。因黏的上句，末一字一定是平聲，所以只有錯黏，而無正黏。

由此，我們可以得出五七言律詩的平仄原理如下四圖：

圖一：

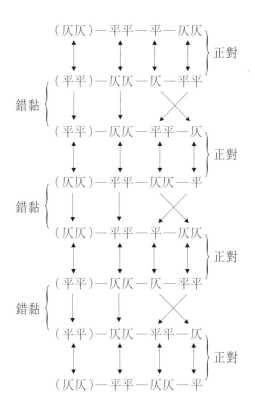

圖二：

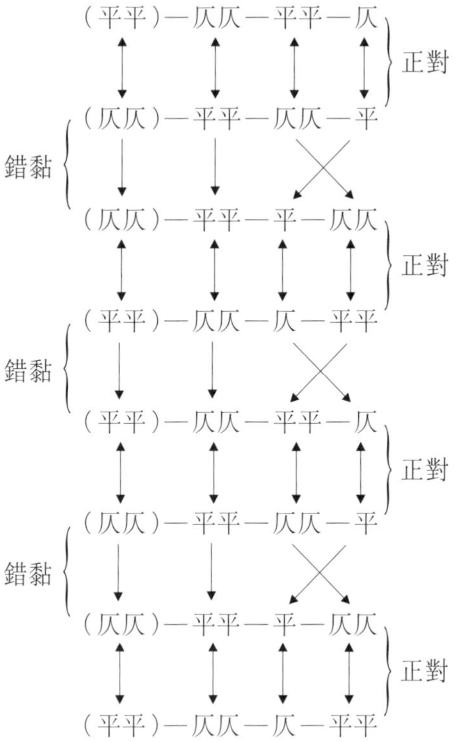

圖三：

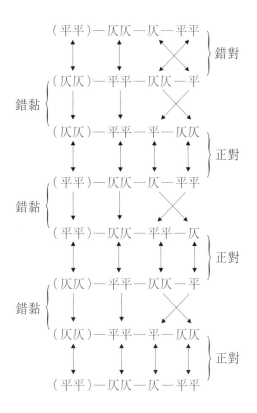

圖四：

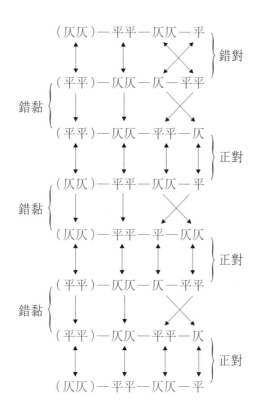

有一位在書法教學領域卓有成就的先生說過一句特別精闢的話：「一筆一太極，一字一太極，一篇一太極。」近體詩的聲律排佈，也像太極的雲手一樣，陰陽相濟，生生不息。

只要我們遵循「聯內相對，下一聯黏著上一聯」的規則，就可以一直這樣推衍下去。古人有一種超過了八句的律詩，稱作排律，理論上可以排到無限多的句子。而如果按照黏對的規則，只取四句，就是近體絕句了。

之所以特別強調是「近體」的絕句，因為絕句另有一大部分是屬於古體詩的。如果把古體詩和近體詩看作是兩個集合，

它們之間的交集就是絕句。

像孟浩然的《春曉》（春眠不覺曉）、賈島的《尋隱者不遇》（松下問童子）、李白的《送孟浩然之廣陵》（故人西辭黃鶴樓），就都是屬於古體詩的集合之內的絕句，為了與一般的近體絕句相區別，被稱為古絕。

上列四圖，是在最「理想」的狀態下近體詩的聲律，它實際上包含了十六種格律：五律、七律、五絕、七絕，每一樣都是四種。在實際寫作時，就更加千變萬化。一是謹記「一三五不論，二四六分明」的口訣；二是記得運用我們在「學詩先學屬對」中介紹過的知識，避免孤平、三平尾，學會用拗句和拗救等等，自然不會覺得聲律是一種束縛。

不去死記那十六種格式，而是用推導圖的方法記聲律，會更直觀也更易掌握，更加能夠養成遵循平仄的思維習慣。

廣州市天河區岑村小學的林美娟女士是我的學生，她在給小學生講近體詩的聲律時，用這種方法教，三四年級的學生，半小時就能掌握。成年人就應該更加容易。一旦養成了平仄的思維習慣，寫詩時就絕不會覺得聲律是束縛思想的枷鎖，而是有助於激發詩心、增益文辭之美的音樂。

聞一多先生說，詩要有格律，像是「戴著鐐銬跳舞」，這個比喻我不能認同。在先秦時代，詩的最高形式就是樂舞，詩是遵循著音樂的節拍而跳舞。音樂和詩詞格律，都不會束縛詩，而是讓詩更加動人。

從五律開始，從摹寫開始

　　近體詩中律詩比絕句要容易寫。因為律詩中間有兩副對子，易於鋪排詩意，作者表情達意要從容優裕得多。相反絕句的字數少，只得四句，在短短的二十字或二十八字中，而要閃轉騰挪，能產生強烈的藝術對比，就非初學者所能駕馭得了。

　　胡適回憶他小時候學詩的經歷，說他少時學詩，最煩對對子，所以寫不來律詩，後來才發現律詩是最容易的。在律詩中，五言比七言更加精煉，從五律入手，易於掌握詩的句法，寫出有藝術張力的詩句。

　　從五律開始學作詩，由五律擴充到七律，再去學七絕，這是古人學習近體詩的基本門徑。

　　《紅樓夢》裏香菱向林黛玉請教作詩，黛玉給她指點的門徑是：「你只聽我說，你若真心要學，我這裏有《王摩詰全集》，你且把他的五言律讀一百首，細心揣摩透熟了，然後再讀一二百首老杜的七言律，次再李青蓮的七言絕句讀一二百首。肚子裏先有了這三個人作了底子，然後再把陶淵明、應瑒、謝、阮、庾、鮑等人的一看。你又是一個極聰敏伶俐的人，不用一年的工夫，不愁不是詩翁了！」黛玉要她學詩的順序正是五律到七律再到七絕。

　　黛玉認為，學詩須從摹擬開始，須先找到摹習的範本，五言律詩的範本是王維，七言律詩的範本是杜甫，而七言絕句的範本則是李白。這就相當於練書法，是選擇趙孟頫，還是顏真卿，總要先找好入門的帖子，細心揣摩，著意臨摹，才能進入書法之門。

　　黛玉沒有說到五言絕句該怎麼學，原因是五言絕句從文體特徵上說屬古體詩，學會了五言古詩的作法，自然也就會寫五

絕了。

像《千家詩》、《唐詩三百首》這樣的入門級的選本，都是按照詩的體裁來分類，就是為了便於學詩的人去摹擬。

有一部更值得學詩者去隨時翻檢、認真摹習的範本，是元代方回所編的《瀛奎律髓》。此書所選的全是律詩，而且把所選的詩按內容分好了類。我們但凡心有所觸，想寫一首詩時，先從這本書裏找到內容相近的作品，再選擇其中的一首，逐句用它的原韻做寫，這樣寫出來的作品，會和一空依傍、搖筆即來的作品有天淵之別。

明代大書法家董其昌，每逢寫經之前，都要把家藏《靈飛經》取出，「先展閱一過」，他發現這樣做的好處是「於古人墨法筆法，似有所會」。學習五律而從摹擬名作入手，正是起到了同樣的作用。

從 2018 年 3 月起，深圳圖書館「南書房夜話」活動以詩詞創作的研修為主題，請詩家學者講授詩詞的基本規矩和技巧，並點評學員作品。報名來學習的學員，年齡最大的已年過古稀，最小的才上小學五年級，共同組建了一個詩社叫作芸社。芸是貯藏古書時用以驅蠹的藥草，因得深圳圖書館支持，故名芸社。

在第一堂課介紹完學詩的途徑、學習的方法、近體詩的格律之後，我佈置了第一份五律的作業，題目是《上巳日深圳寄友用孟浩然上巳日洛中寄王山人迥韻》，題目要求詩的主題是「上巳日深圳寄友」，上巳日就是農曆的三月初三，是古人水邊飲宴、郊外遊春的勝日。

孟浩然的《上巳洛中寄王九迥》原詩是：

卜洛成周地，浮杯上巳筵。

鬥雞寒食下，走馬射堂前。

垂柳金堤合，平沙翠幕連。

不知王逸少，何處會群賢。

這首詩的第一句「卜洛成周地」，點明了詩題中的「洛中」，「卜洛」是《尚書》中的典故，講周公姬旦經過占卜，認為洛邑有吉兆，而將之建為東都。

從魏晉時起，上巳節的一項重要節目就是曲水流觴，大家坐在河渠的兩旁，在上游放置浮物，上置酒杯，酒杯順流而下，停在誰的跟前，誰就要飲酒。「浮杯上巳筵」點明了題中的「上巳日」。

上巳時的集會，最有名的就是王羲之參加過的蘭亭集，故詩的末句寫「不知王逸少，何處會群賢」。逸少是王羲之的字。「不知」、「何處」是詩人的懸想，正因有此懸想，這才要「寄」。寄的對象是王迴，乃是一位不做官的隱士，因他姓王，所以用王羲之來指代他。

為了給學員做示範，我也作了一首，題為：《上巳日深圳寄魏公新河用孟浩然上巳洛中寄王九迴詩韻同芸社諸君作》。詩云：

觴禊桐花後，高軒到綺筵。

吟分落紅外，思接永和前。

海氣羊臺絕，春心杜宇連。

堅盟安在邇，屈指幾同賢。

第一句的「觴禊」，點明的就是上巳日。古人在這一天於

水邊祭祀，以消除不祥，謂之「修禊」。觴，當然是指曲水流觴了。桐花在清明時節開放，因清明固定在陽曆的四月四日或五日，所以上巳節這一天可能在清明前，也可能在清明後。特別說在桐花落後觴禊，其實是用桐花落這一美麗的意象，來交代時間。高軒是寬敞的車子。

第二聯是說，在落紅滿天的日子裏，我們曾分題而詠，我們像永和九年的王羲之一樣，有著對生命的感慨。

第三聯中，羊臺指深圳的羊臺山，這兩句是說海上的濕氣被羊臺山擋住了，我對你的思念卻不像這海氣一般被阻隔，在這暮春的日子裏，聽著杜鵑鳥淒切的啼叫，我們都有無限的感愴，我們的感時傷物之心，被杜鵑給連在了一起。

最後點明「寄」的題旨，好朋友之間的感情，不因未在近邇就會消減，人生又能有幾個像您這樣的知己呢？

我們都知道律詩四聯中，第一聯叫首聯，第二聯叫頷聯，第三聯叫頸聯或腹聯，第四聯叫尾聯，但是為什麼這樣叫呢？這是源於唐代的詩人白居易。他把一首律詩比作一條驪龍，龍首頭角崢嶸，所以首聯要直切題旨，先聲奪人；驪龍的頷下，也就是下巴以下，是它汲天地靈氣而養成的驪珠，故頷聯又稱詩喉，歷來名句最多；第三聯要能轉動如意，龍身上頸、腹轉動最靈活，故稱頸聯、腹聯；而龍的尾巴有拍山掀海之偉力，尾聯的結束一定要有力，只有這樣，一首好的律詩才算完成。

有學員這樣寫：

> 上巳會梅嶺，柳堤生別筵。
>
> 花開新雨後，燕繞舊堂前。
>
> 雲岫兩相伴，湖天一線連。
>
> 今朝送君去，何日再逢賢。

梅嶺是深圳的地名，「上巳會梅嶺」點出了時、地，而次句暗示因柳堤分別，故此要「寄」。頷聯稍平淡了些，但頸聯卻是很好的句子，既是寫實景，更是隱喻與所寄之人，如雲、岫之依伴，又如湖、天之相接。結句也不算出彩，但作者對格律的運用已比較嫻熟。「柳堤生別筵」是仄平平仄平，這一句很容易寫成仄平仄仄平，但那樣就孤平了，「雲岫兩相伴」是⑰仄仄平仄，這一句是⑰仄平平仄的變體，下一句可以是平平仄仄平，也可以是⑰平平仄平，而「今朝送君去」用的是平平平仄仄的等價句式平平仄平仄，它應該先還原為平平平仄仄，再來對下句⑰仄仄平平，這位學員都運用得很好。

又如這一首：

> 元巳花舒處，桂華明講筵。
>
> 舞雩輕吹裏，敲韻綺堂前。
>
> 海嶠陰雲散，春風芳思連。
>
> 憐君此間意，共我拜高賢。

這首詩作者是寄給芸社學詩的一位同學的。所以首聯既交待了時間，也交代了作詩的背景。「桂華」是指月光，因每次學詩活動都安排在週六的晚上，故云。

頷聯中，「舞雩」本指通過樂舞祈雨，這裏指舞雩臺。此處為用典，孔子的學生曾皙向老師陳述理想：「暮春者，春服既成，冠者五六人，童子六七人，浴乎沂，風乎舞雩，詠而歸。」「輕吹」的「吹」字念 chuì，是指細小的風或者音樂，「玉吹」、「涼吹」、「歌吹」、「清吹」……凡是名詞中的「吹」，都讀作 chuì。「敲韻」是推敲詩韻，形容作詩時的苦思。

頸聯寫得也不錯，以「陰雲散」暗喻得以同來學詩，故心

情愉快，以「春風芳思連」指老師的講授如春風化雨，同學的心智都得到了啟迪。「嶠」字有平聲和去聲兩種讀音，意思完全一樣，這裏念去聲。而「芳思」之「思」，因是名詞，就只能讀去聲。所以這兩句的格律沒有問題。

詩的缺點還是在尾聯，收束不夠有力。

而這位同學所「寄」的同學，也「還寄」給她一首：

> 上巳春枝滿，邀君共盛筵。
>
> 縱遊天地外，長嘯水雲前。
>
> 南越多康樂，北山思惠連。
>
> 呼來香蟻醉，暢飲憶先賢。

她在詩題中交代明白，寄這首詩，是要邀對方一同登山。故有「縱遊天地外，長嘯水雲前」的豪想。

頸聯用了典：謝靈運每對謝惠連，輒有佳句，有一次夢見謝惠連，遂寫出「池塘生春草」的名句。這裏是說，你就是我的謝惠連，我對著你，自然能寫出好的句子來。

結句中的「香蟻」，指新釀的米酒，上有浮沫如蟻，故名。新學寫詩的人，最難的不是中間的對句，而是結句難得有力，這首又是一條例證。

我們在學寫詩時，一定要隨身備一冊韻書。像《詩韻合璧》這樣的韻書，每一個韻字下面，都列舉了無數的成詞，像「惠連」這個詞，一般不會想到，但韻書可以幫到你。而勤翻韻書，自然掌握的詞彙愈來愈多，寫詩也就愈加得心應手。

因聯而成詩

傳統教作詩，都是從教起承轉合開始。一個人剛學詩，老師先要求他胸中有明晰的主題，再安排妥當第一聯怎麼起，第二聯怎麼承，第三聯怎麼轉，第四聯怎麼合。這樣做違背了詩性思維的規律，也對初學者的能力提出了過高的要求。

詩與作文不同。文章家作文，大多先於胸中擬好提綱，列出一二三四，如何起筆，如何承接，如何轉折以增加波瀾，正說反說以面面俱到，最後又如何點明題旨，總結全文，這些都想好了，才會揮灑自如。詩不必像文一樣細密理性，詩是感性的，詩人大多數時候是先有了一點感興、一點觸動，由此而先得一句或一聯，再擴充成整首詩。詩的主題很少有一開始就明確了的，大多數情況下，是在全詩完成了，才會自然產生主題。

傳說有「詩鬼」之稱的唐代詩人李賀，經常騎一驢，讓一小書童背著破舊的錦囊跟在後面，一旦得了好的句子，就取紙筆寫好，投入囊中。回家後再根據所得的句子，完成全詩。這個故事意在說明李賀得句之快，其實一般的詩人作詩，大多也是先得好句，再成整首的。

古代奴僕又稱「奚」，因有李賀的這個故事，人們把貯藏詩料的袋子稱作「奚囊」。現代名畫家溥儒，他的《寒玉堂詩集》書尾附了不少平日所作的精警的聯語，那些也是他的奚囊中物。

業師陳汕齋先生在為近代詩人梁鼎芬的《節庵先生遺詩》作箋校時，得見其《課兒聯》九百九十三副，由其弟子楊敬安手寫油印。汕齋先生命我以《課兒聯》中的聯語為作業，要求學員擇一聯為基礎，補足其他六句，而成一完整之五律。這一做法

較逐句和古人的韻要難一些，但比起獨立成詩要容易得多。

　　和韻成詩，就像是練書法的描紅，由古人的聯語或成句而足成詩，就像是臨摹，獨立成詩就是書法的自由創作了。

　　有學員得詩如次：

古意用「詞源三峽水，詩思九秋雲」入律

> 古意生清節，高心發正文。
>
> 詞源三峽水，詩思九秋雲。
>
> 楚畹人無二，唐風書逸群。
>
> 他年傳文苑，名字合推君。

　　「詞源三峽水」出自杜甫的詩句「詞源倒流三峽水」。由「詞源三峽水，詩思九秋雲」這兩句，有著學詩的基礎 —— 也就是背誦過不少唐宋名篇 —— 的人，會第一時間想到杜甫的名作《春日憶李白》：

> 白也詩無敵，飄然思不群。
>
> 清新庾開府，俊逸鮑參軍。
>
> 渭北春天樹，江東日暮雲。
>
> 何時一樽酒，重與細論文。

　　可知「詞源三峽水，詩思九秋雲」也適合放在一首懷人詩中，用以對所懷之人文辭的讚譽。

　　「詩思（si）」的「思」字是名詞，故與「詞源」對仗。作者把這副聯擺在了頷聯的位置，當然，如果她願意，也可以放在其他任何位置，擺放在不同位置，寫出來的詩的意味是完全不一樣的。

「雲」是上平聲十二文的韻，所以其他六句，都要從十二文的韻字中找。作者由頷聯的這兩句形容文辭風格的句子，聯想到其人的道德品格比辭章更重要，所以首聯用對仗的句法，寫出其人尊崇古道，富氣節，深於悲憫而發為正論的品格特徵。頸聯稱頌對方的風度高雅，書法有唐風。尾聯說假使他年修《文苑傳》，一定要有對方的名字。「他年傳（zhuàn）文苑」，「列傳」的「傳」用如動詞。

另有學員得詩云：

放吟用「綠陰人靜坐，芳榭鳥頻來」入律

日呆上高臺，天邊雲散開。

綠陰人靜坐，芳榭鳥頻來。

世路無長策，生涯有酒杯。

春郊放吟罷，明月共徘徊。

詩詞中寫樹陰都用「陰」字，現在常有人寫作「蔭」字，但「蔭」念作 yin，是仄聲，寫作「樹蔭」、「綠蔭」、「春蔭」都是不對的。

因頷聯為近景，首聯則為鳥瞰鏡頭，交代了時間 —— 日出之時，地點 —— 高臺，人物 —— 我，行為 —— 登覽。一般登覽詩的中間二聯，一聯寫景，一聯感慨，故頸聯用來抒情，好與頷聯搭配。尾聯的「明月共徘徊」，化用的是李白的《月下獨酌》：「我歌月徘徊。」

又一首是用「堅心穿鐵硯，佳字集珠船」入律：

焉知滄海客，終歲枕憂眠。

季世隨風改，吾衰使氣平。

堅心穿鐵硯，佳字集珠船。

幸得斫輪手，高標大雅篇。

宋王應麟《困學紀聞・經說》：「王微之云：『觀書每得一義，如得一真珠船。』」「珠船」用此典。「吾衰」出自《論語》：「甚矣吾衰也，久矣吾不復夢見周公。」「斫輪手」是斫輪老手的省稱，則是《莊子・天道》裏的典故。

此詩的第二聯，誤用了「平」字的讀音。「平」既在下平聲八庚韻中，也在下平聲一先韻中，但只有在「王道平平」這個成語中，才念一先韻的音。被我指出後，改為「鄭聲賽鼓鼙」，但犯了孤平，遂改定為「昏鴉賽鼓鼙」。

但我們看這首詩前四句與後四句意脈斷了，前四句是憂世之懷，後四句又變成了對「斫輪手」的頌揚，接不上。如果我們把這首詩的順序調整一下，再改動幾個字，詩意便圓融了：

幸得斫輪手，高標大雅篇。

堅心穿鐵硯，佳字集珠船。

德草隨風偃，文華著意妍。

莫教滄海客，終歲枕憂眠。

全詩大意是：幸有豪傑之士，提倡大雅，他們意志堅定，著述豐富，故能教化世人。希望不要再讓處於滄海之上的野客，獨抱文化衰亡之憂了。

「德草」句用《論語》上講的「君子之德風，小人之德草。草上之風必偃」之意，「文華」的「華」其實就是「花」字，故與「德草」對仗。

又一詩云：

有感以「憂民愧一飽，救世戒多言」足成一律

觀書慕聖賢。以血薦軒轅。

振羽雁鴻杳，當途鼠雀喧。

憂民愧一飽，救世戒多言。

勉力需吾輩，甘成曳尾黿？

　　梁節庵原對的意思是，作為一名憂國憂民的士大夫，他慚愧於自己生活無憂，而社會貢獻不足，是唐人「邑有流亡愧俸錢」之意。他認為要救世，不尚空言，須看行動。

　　此詩將梁節庵原聯放在了頸聯，很可能作者先想到了尾聯，再寫首聯和頷聯，這種情況在作詩時也十分常見。

　　「曳尾黿」用《莊子・秋水》裏的典故，說的是楚王派使者見莊子，要請他當宰相。莊子對使者說，有一頭活了三千歲的神龜，你說它是願意死後被人拿他的殼當珍寶呢？還是願意「曳尾於塗中」（在爛泥裏擺尾巴）呢？原典裏曳尾塗中的是龜，這裏因為要押上平聲十三元的字，所以用近義詞「黿」來代替。

　　因有頸聯尾聯兩聯的意思，再想到自己所受的魯迅先生的影響，遂有了首聯，又用頷聯來解釋一下首聯。

　　首聯最大的毛病是，「我以我血薦軒轅」已是魯迅的名句，此句缺乏剪裁，就有剿襲之嫌了。

　　又有學員以「讀書兼學劍，憂國竟還家」入律，另一位學員則步他的韻和了一首：

原作：

我亦多情者，春來感歲華。

　　讀書兼學劍，憂國竟還家。

　　世勢元難挽，孤懷合自嗟。

　　眼前風物好，長憶去年花。

和作：

　　蘇世林棲者，經春覽物華。

　　讀書兼學劍，憂國竟還家。

　　大道浮槎遠，幽心仗酒嗟。

　　魂驚千里夢，彈淚杜鵑花。

　　和作勝於原作。原作把梁節庵的原對放在頷聯，應是先完成了頸聯，再前後各補首聯與尾聯。然而中間兩聯意脈相接，首尾二聯又是另一意脈，把首尾二聯合起，可成一意思圓融之五絕，中二聯又可得一五絕，但交織在一起，卻是離而不合，不能成為「一棵菜」。

　　「一棵菜」是京劇大師蕭長華老先生的話。他認為舞臺上一齣好戲，每個人的表演都要和其他的人配合無間，像一棵大白菜一樣，菜葉與菜葉咬得很緊。作詩亦當如是。上面的和作勝於原作，便因和作更像是「一棵菜」。

　　和作大概是從頷聯出發，先寫頸聯、尾聯，最後才寫首聯。「大道浮槎遠」是《論語》裏的典故，孔子說：「道不行，乘桴浮於海。」尾聯是受了唐代詩人崔塗的「蝴蝶夢中家萬里，子規枝上月三更」的影響，子規就是杜鵑了。

　　首句的「蘇世」，出自屈原的《橘頌》：「蘇世獨立，橫而不流。」「林棲者」指的是隱士。全詩寫一位清醒的隱士，在春日見物華更新，心有所思。

　　他雖曾讀書學劍，卻遭到貶黜，失意回家；因大道不行，

只能借酒消愁；驀然從報效國家的白日夢中驚醒，忍不住淚水濺濕了杜鵑花。

　　有人會質疑：在 21 世紀的中國，怎麼會有這樣的生活、這樣的情感？這種質疑看似有理，其實不然。須知道學詩伊始，都是在練筆，只有把詩的技巧練得純熟了，驅文遣詞得心應手，才能很好地用詩詞抒情達意。

　　近代詩人黃遵憲說：「我手寫我口，古豈能拘牽。」這是黃遵憲在融鑄六經、會通百家之後，才做出的嘗試，而實際上他用俗語入詩的嘗試已經被證明是失敗了的。如果一個什麼書都不肯讀的初學者，也在嚷嚷著「我手寫我口」，不肯向古人虛心學習，恐怕永遠也寫不好詩。

煉句與詩的語言

　　有一位從事吟誦教育多年的老師，以前雖然因為學習吟誦而基本掌握了近體詩的聲律，但一直沒有動手練習寫作，因此在學詩的路上進步總也不大。最近她終於開始練習寫詩了，但說五律太難，還是想著先寫七言絕句。我告訴她，一切貪圖方便的學習都是陷阱。

　　她自己也是教師，當然明白這句話是一切學問領域都適用的經驗之談。但因為她還沒有實踐經驗，並不能明白為什麼學詩要從五律學起。其實也簡單，從五律學詩，是為了學習錘煉句子，讓寫出的詩句是「詩的」句子，而不是「日常語言的」句子。

　　詩的句子與日常語言的句子要有不同。故詩而有法，當自煉句開始。

　　我曾見到一位朋友的詩：

> 白石池前老蓮葉，青楓橋畔落梧桐。
> 九秋風露涼初透，猶有寒花一穗紅。

　　我特別對這位朋友說，「猶有寒花一穗紅」這一句是「詩的」句子。詩的句子，就是與日常語言不同的句子，它不像日常語言那樣僅僅為了基本的交流，它是能帶給人鮮明的意象和美的感動的另一種語言，無論在句子的成分還是語序上，都與日常語言不同。

　　儻使這一句改作日常的語序，就該是「猶有一穗紅寒花」，但這樣顯然就不是詩的語言了。假如再補足它的意思，就得是「猶有一穗紅寒花在倔強地開放」，意思雖然明白，卻

失掉了詩的興味。

　　詩的語言最重要的特徵就是凝練，所以要省略掉一些日常語言中通常會有、但在詩中卻可有可無的成分。比如：

重題鄭氏東亭

杜甫

華亭入翠微。秋日亂清輝。

崩石敧山樹，清漣曳水衣。

紫鱗衝岸躍，蒼隼護巢歸。
　　　　　　△
向晚尋征路，殘雲傍馬飛。

我們要是把詩中的成分按日常語言補足，就該是這樣的：

　　華亭入（於）翠微（之中），秋日亂（射出）清輝。（如）崩（之）石敧（於）山樹（上），清漣（裏）曳（著）水衣。紫鱗衝岸（而）躍，蒼隼護巢（而）歸。（我）向晚尋征路，殘雲傍馬飛。

又如：

登兗州城樓

杜甫

東郡趨庭日，南樓縱目初。

浮雲連海嶽，平野入青徐。

孤嶂秦碑在，荒城魯殿餘。

從來多古意，臨眺獨躊躇。

要補足它的成分，該是這樣的：

（我在）東郡趨庭（之）日，（是）南樓縱目（之）初。浮雲連（於）（東）海（泰）嶽，平野入（於）青（州）徐（州）。孤嶂（有）秦碑在，荒城（為）魯殿（之）餘。（我）從來多古意，臨眺獨躊躇。

可見，詩的語言一定是簡省凝練的。

有一個簡單的方法，可以提昇語言的簡練程度，那就是盡量讓一句當中只用一個虛字，這個字起到一句之骨幹的作用。前引杜甫二詩，第一首中這樣的字是「入」、「亂」、「欹」、「曳」、「躍」、「歸」、「尋」、「飛」，第二首是「日」、「初」（這兩個字是實字活用如虛字）、「連」、「入」、「在」、「餘」、「多」、「獨」。

為了實現詩的語言的凝練，還有一個行之有效的方法，那就是將兩個句子壓縮為一句，這樣尤其能造成語言的張力。

送張判官赴河西

王維

單車曾出塞，報國敢邀勳。

見逐張征虜，今思霍冠軍。

沙平連白雪，蓬捲入黃雲。

慷慨倚長劍，高歌一送君。

「單車曾出塞」，其實是曾乘單車、曾出塞兩句的壓縮；「報國敢邀勳」，也是為了報國，豈敢邀功勳這兩句的壓縮。「沙平連白雪」，是沙原平整，而與白雪相接；「蓬捲入黃雲」，

是飛蓬捲起，連到遠天的黃雲中去，都是把兩句壓縮成一句。

輞川閒居贈裴秀才迪

王維

寒山轉蒼翠，秋水日潺湲。
倚杖柴門外，臨風聽暮蟬。
渡頭餘落日，墟里上孤煙。
復值接輿醉，狂歌五柳前。

「倚杖柴門外」，是倚杖、在柴門外閒立的壓縮；「臨風聽暮蟬」是臨風和聽暮蟬兩個句子。需要說明一下的是，這首律詩不像一般的律詩那樣中間二聯對仗，而是第一聯對仗，第二聯不對仗。這是律詩中所允許的一種特殊的格式，叫作「偷春格」。而喻守真先生不識此格，乃謂：「此詩的前四句有顛倒錯亂之處，因為律詩頷聯要講究對偶，『倚杖』可對『臨風』，但是『柴門外』絕不可以對『聽暮蟬』，如果將一二兩句移作頷聯，三四兩句移作起句，那對於平仄格律既不失黏，在意義上也比較自然。」（《唐詩三百首詳析》）如按喻氏之說做調整，詩就變成：「倚杖柴門外，臨風聽暮蟬。寒山轉蒼翠，秋水日潺湲。渡頭餘落日，墟里上孤煙。復值接輿醉，狂歌五柳前。」先不說原作以直道眼前景興起，清婉自然，改以「倚杖」、「臨風」起，便覺刻意有為；單說這樣一調整，第四句「秋水日潺湲」與第五句「渡頭餘落日」就完全失黏了。

煉句的一個基本原則就是：複句一定比單句更好。

何謂複句呢？複句有兩種情況，一種是兩個並列的獨立的句子，組合成一句，就是前面所講的兩句壓縮成一句；另一種情況則是一個獨立的句子，去作了另一個句子的成分，如上面

的「復值接輿醉，狂歌五柳前」，是「接輿醉而狂歌於五柳先生之前」這一長句，作為「值」的賓語。

老杜最善此法，如《夜宴左氏莊》：

> 林風纖月落，衣露淨琴張。
> 暗水流花徑，春星帶草堂。
> 檢書燒燭短，看劍引杯長。
> 詩罷聞吳詠，扁舟意不忘。

首聯第一句，是林中起風，纖月落下這兩句的壓縮；第二句是衣上沾滿露水與淨琴張起彈奏這兩句的壓縮。

「檢書燒燭短」是檢書看而不覺時間流逝，蠟燭漸燒到盡頭；「看劍引杯長」是把玩寶劍，不自覺飲酒過量，都是壓縮成句，更覺峭拔。

這種壓縮，多是從駢體文的對仗中變化出來的。「林風纖月落，衣露淨琴張」就是「林風而纖月自落，衣露而淨琴漫張」，「檢書燒燭短，看劍引杯長」則是「檢書而燒燭漸短，看劍而引杯甚長」。

又如杜甫的名句「綠垂風折笋，紅綻雨肥梅」（《陪鄭廣文遊何將軍山林》），就是典型的駢文句法的壓縮：「綠垂者何？風折笋也。紅綻者何？雨肥梅也。」

《秋興八首》中的「紅稻啄殘鸚鵡粒，碧梧棲老鳳凰枝」，意為：紅稻乃啄殘鸚鵡之粒，碧梧乃棲老鳳凰之枝。此聯上句，常見的杜詩版本都寫作「香稻啄餘鸚鵡粒」，是無法解說得通的。杜甫的意思是當時物阜民豐，紅稻太過豐盛，連鸚鵡都啄不完，啄得脖子都快殘了，這才與下聯的「碧梧棲老」對仗。

他的《得弟消息二首》（其一）：

> 近有平陰信，遙憐舍弟存。
> 側身千里道，寄食一家村。
> 烽舉新酣戰，啼垂舊血痕。
> 不知臨老日，招得幾人魂。

「近有平陰信」是近有平陰的來信，「平陰信」本是獨立的句子，卻作了「有」的賓語；「遙憐舍弟存」，「舍弟存」也是獨立的句子，卻作了「憐」的賓語。「烽舉新酣戰，啼垂舊血痕」是「烽舉乃新酣之戰，啼垂猶舊血之痕」的壓縮。而尾聯「臨老日招得幾人魂」，是整個兒作為「不知」的賓語的。

宋代的陳與義是學杜有成的大家。我們且看他的《渡江》，也是用了這樣的煉句法：

> 江南非不好，楚客自生哀。
> 搖檣天平渡，迎人樹欲來。
> 雨餘吳岫立，日照海門開。
> 雖異中原險，方隅亦壯哉。

中間二聯，分別是「搖檣而天可平渡，迎人而樹欲下來」、「雨餘而吳岫孤立，日照而海門洞開」的壓縮，用兩個單句組成複句，五字即有兩句意，當然是簡省之至、凝練之至了。

道家修煉理論認為，逆勝於順，逆則貴，順則賤。詩中的煉句，如果注意到倒裝的運用，往往比按日常語序平順道來更加可貴。故而煉句的第三種方法，就是以逆勝順。

如杜甫的《秦州雜詩二十首》（其七）：

> 莽莽萬重山。孤城山谷間。
> 無風雲出塞，不夜月臨關。
> 屬國歸何晚，樓蘭斬未還。
> 煙塵獨長望，衰颯正摧顏。

頸聯「屬國歸何晚，樓蘭斬未還」，正常語序是：何屬國之晚歸，未斬樓蘭而還——屬國（蘇武在胡地一十九年，守節不辱，歸國封為典屬國。故以代指蘇武。）多麼晚才回到大漢！傅介子這樣的英雄，還沒能斬下樓蘭王的頭顱，為國立功。這裏把最重要的兩個詞「何（多麼）晚」和「未還」放到後面，就更加顯示出詩人的憂國之心了。如果換一種分析方法，也可以認為「何晚」、「未還」是句子的謂語，而「屬國歸」、「樓蘭斬」這兩個獨立的句子，是作為複句中的主語而存在的。

這種逆寫的句法，古人之作中不勝枚舉。如：

「老樹空庭得，清渠一邑傳」（杜甫），就是空庭得老樹，一邑傳清渠；

「警急烽常報，傳聞檄屢飛」（杜甫），就是常報警急烽、屢飛傳聞檄；

「興闌啼鳥換，坐久落花多」（王維），就是興闌換啼鳥，坐久多落花；

「九門寒漏徹，萬井曙鐘多」（王維），就是九門徹寒漏，萬井多曙鐘；

「江樹臨洲晚，沙禽對水寒」（劉長卿），就是江樹晚臨洲，沙禽寒對水；

「空巢霜葉落，疏牖水螢穿」（賈島），就是霜葉落空巢，水螢穿疏牖⋯⋯

逆寫最簡單的方法，就是把句子中的動詞或形容詞置於最後，以形成奇崛的效果。

友人某教授的一首詩，原作：

> 卅載意悠悠。吳山昔共遊。
> 塔高增逸興，鬢白減閒愁。
> 梅發知春信，鈴鳴伴旅鷗。
> 寒江堆雪浪，映日暖瓜州。

在注意到一些煉句的原則後，改為：

> 卅載意悠悠。吳山昔與遊。
> 登樓吟粲賦，臨水送沙鷗。
> 梅發知春早，鈴鳴入旅愁。
> 寒江卷層雪，挾日拍瓜州。

氣象迥然不同。可見詩不厭改，如能在作完一首詩後，運用上煉句的原則，是會讓語言更加粹美的。

從五律到七律

在精熟五言律詩的作法之後，就可以嘗試七言律詩的作法了。

五律的句法精簡，所以詩意較蘊藉，不如七律在情感上更加放得開。但反過來說，七律又不及五律來得精煉含蓄。

比如清代詩人史澄，其《退思軒詩存》中就有相同主題的兩首詩：

百花塚弔張二喬

一卷蓮香集，千秋倩女名。

同時難望我，不壽正憐卿。

薄命花同慨，流芳草自榮。

錢塘蘇小小，佳話未能爭。

弔張二喬

容華不獨人間少，選到陽侯事亦奇。

奪愛難銷名士妒，鍾情應笑水神癡。

繁華夢醒春風渺，環佩魂歸夜月知。

贏得千秋同婉惜，美人合死少年時。

明末廣州歌者張喬，號二喬，善詩詞，精畫蘭、操琴，不幸年十九而夭。傳說她曾夢見惡神水二王，定下日期時辰，要聘之為妃，果然那是她逝世的時間。在她去世之後十二年的南明弘光元年（1645），她的愛人彭日禎，為她舉辦了一場震撼一時的葬禮，廣州諸詩人以至高僧名媛，每人持一詩弔之，又植一花於其墳前，號花塚，清代中葉後漸被稱作百花塚、百花墳，成為廣州白雲山的名勝，歷來憑弔者不絕。

史澄的兩首詩，都是遊百花墳憑弔之作，主題也都是惜其夭亡，但兩首風格就有著明顯的區別。五律的情感更冷靜蘊藉，而七律的情感就深婉纏綿了不少。

大致說來，五律會盡量地減省掉作者的抒情因素，而力圖讓讀者感受到他未曾說出的情感；七律則努力要讓讀者明白，作者究竟想要表達什麼樣的思想感情。五律側重於對客觀世界的表現，彷彿是一幀影像、一臺啞劇，通過畫面和不出聲的動作，引發讀者的聯想，激起讀者的情感共鳴。而七律則像是一部完整的電影，有故事，有動作，有聲音，呈現出更加豐富的聲光效果。這一效果的實現，依靠的是增加五言詩的句子成分，在五言詩句中不需要的乃至必須被減省掉的成分，往往是七言詩中不可或缺的部分。

我們不妨把第一首改為七律，第二首改為五律，就可以更清楚地看出，七律中有一些成分是不能被輕易減省的，而五律中有一些成分又是不能隨便增加的：

改史澄百花墳弔張二喬

淒涼一卷蓮香集，曾記千秋倩女名。

梅坳當時難望我，舜華不壽正憐卿。

可堪薄命花同慨，終古流芳草自榮。

蘇小錢塘墳墓在，多情佳話未能爭。

改史澄弔張二喬

不獨容華麗，凌波事亦奇。

難銷名士妒，應笑水神癡。

夢醒春風渺，魂歸夜月知。

千秋同婉惜，芳隕少年時。

將第一首五律改成七律，首句多出了「淒涼」二字，這兩字是作者讀《蓮香集》的感受，也是對本書的評論；次句加了「曾記」，表明「千秋倩女名」不止是一種客觀事實，也有作者對張喬的景仰之情在。首聯的改動，至少是不減分的。

梅塢在白雲山北麓，是百花塚所在地，原詩中的「同時難望我」變成「梅塢當時難望我」，就更加明確了感慨：可惜弘光元年營葬時，作者沒有在場。但明確了詩意的同時，也讓詩境變窄了，令讀者喪失了聯想的機會。舜華即木槿花，朝開暮落，比喻極短暫的生命。用此典，讓「不壽正憐卿」的感慨更加形象，然而卻不如原句精粹有力了。頷聯的改動優劣互見。

頸聯和尾聯改作後，相對原詩沒有增加任何情感因素，徒然讓句子變得冗長，可知這些成分的增加是沒有必要的。

第二首原詩中的「陽侯」，是神話傳說中的陵陽國侯，溺水而死，其神能為驚濤駭浪。「選到陽侯事亦奇」是說張喬成為水神獵豔的目標，這件事十分奇異。為了就合聲律，只好犧牲掉這個典故，而改用出自曹植《洛神賦》的語典「凌波」。但很顯然，這樣一改，詩意損失不少。

頷聯刪去「奪愛」、「鍾情」，故事背景就不明晰了，也讓「難銷」、「應笑」落到了空處。

頸聯去掉「繁華」、「環珮」，這兩句顯得更有骨力，但卻丟失了肌理豐盈之美。

尾聯的改動，讓詩意變得淺薄了。原詩意思是，美人早逝是最讓人婉惜的，所以美人與其等年華老去再離世，不如在最美好的時候死去，這樣才會讓人懷念。改後就沒有這一層意思了。原詩大多數的成分，都是不可減省的。

五言衍為七言，不止是字數的增加，也帶來更加直露的情感、更加華美的文辭和更加深邃的思想。所以，七言律句比五

言律句所增加的成分，一般都是為著這三個目的而存在的。

　　比如：

　　　晴川歷歷漢陽樹，芳草萋萋鸚鵡洲。（崔顥）
　　　窗前綠竹生空地，門外青山如舊時。（李頎）
　　　吳宮花草埋幽徑，晉代衣冠成古丘。（李白）
　　　秋水才深四五尺，野航恰受兩三人。（杜甫）
　　　竹葉於人既無分，菊花從此不須開。（杜甫）
　　　秋草獨尋人去後，寒林空見日斜時。（劉長卿）
　　　野棠自發空臨水，江燕初歸不見人。（李嘉祐）
　　　川原繚繞浮雲外，宮闕參差落照間。（盧綸）
　　　秦地故人成遠夢，楚天涼雨在孤舟。（李端）
　　　……

　　初學者往往分不出華美與繁冗的區別，故上手寫七律，最
易犯的毛病是句子臃腫。這可以在寫好後先試著改成五律，如
果改好後發現意思更佳，就說明有不少的句子需要錘煉，而如
果發現改成五律後損失了很多意思，則說明作七律已經及格了。

　　如何去錘煉句子呢？《紅樓夢》中香菱學詩的情節，可以
提供參考。

　　香菱向林黛玉學習寫詩，黛玉給她出的題目是《吟月》，
限上平聲十四寒的韻。香菱第一次作的是：

　　　月掛中天夜色寒。清光皎皎影團團。
　　　詩人助興常思翫，野客添愁不忍觀。
　　　翡翠樓邊懸玉鏡，珍珠簾外掛冰盤。
　　　良宵何用燒銀燭，晴彩輝煌映畫欄。

　　黛玉評論說，「意思卻有，只是措詞不雅」，並直截了當指出措詞不雅的原因是讀詩太少了。

　　措詞不雅，主要表現在第二句和第五、第六句。「清光皎皎影團團」犯的正是初學者易犯的臃腫之病，連用兩個疊詞，給人的感覺就是詞彙量不夠，只能靠疊詞來湊，而「光皎皎」與「影團團」是結構一模一樣的句內對，就顯得冗餘重複。五六兩句犯的是合掌之病，一聯中上下句意思一樣，思路打不開。這些都是不夠雅的體現。

　　香菱的第二稿改為：

> 非銀非水映窗寒。試看晴空護玉盤。
>
> 淡淡梅花香欲染，絲絲柳帶露初乾。
>
> 只疑殘粉塗金砌，恍若輕霜抹玉欄。
>
> 夢醒西樓人跡絕，餘容猶可隔簾看。

　　黛玉評價了四字：「過於穿鑿。」穿鑿是牽強附會之意，主要是指第二聯的意境與月亮關係不大。柳帶即柳枝，因枝字出律，故改為衣帶之帶，以形容柳條如人之衣帶。這兩句意思是，梅花噴出淡淡的花氣，彷彿要把月亮給熏染得香氣襲人；像絲縧一樣的柳枝，葉上的露水在月光下也乾掉了。這是造出來的假景，很難讓人聯想到月亮的情態。

　　但本詩最根本的毛病，黛玉並沒有說，問題仍是在句法上的臃腫。

　　第一句的「非銀非水」，只是比喻月亮的色澤，意思膚淺，結構纖弱。第二句「試看」二字完全不必要。五六兩句仍然是合掌，而假使刪掉「只疑」、「恍若」，對詩意沒有任何影響，可知句子臃腫不堪。惟獨尾聯說閨中人西樓夢醒，孤寂難

當，天上一鉤殘月（餘容）照入簾中，仍可給她以一點慰藉，意思倒是可嘉的。

香菱第三次的改稿，得到了大觀園中眾人的一致稱賞，詩云：

> 精華欲掩料應難。影自娟娟魄自寒。
> 一片砧敲千里白，半輪雞唱五更殘。
> 綠蓑江上秋聞笛，紅袖樓頭夜倚欄。
> 博得嫦娥應借問，緣何不使永團圞。

詩的第二句「影自娟娟魄自寒」依然有疊詞和句內對所導致的臃腫羸弱的毛病，但像「一片砧敲千里白，半輪雞唱五更殘」、「綠蓑江上秋聞笛，紅袖樓頭夜倚欄」這樣的句子，句中成分都是無可減省的，可知是合格的七言句了。

全詩的意思也十分渾成，首聯寫月色之明亮可愛，不為層雲所掩；次聯上句暗用李白詩「長安一片月，萬戶搗衣聲」的句意，這樣自然典雅，下句是說不眠之人在曉雞高唱的五更天，癡看著半輪殘月；三聯講月添人別緒愁懷，無論是在秋風江上還是春夜樓頭，無論男女，都對月生嘆；結聯深化題旨：這日日變化的月相，會讓嫦娥來詢問，為什麼不能長久圓滿無虧呢？

當然，「借問」一詞一定要接賓語，而且一般「借問」都是作者來問，「博得嫦娥應借問」似不太通。如果改成「借問嫦娥緣底事，不教雲外永團圞」，還是香菱想表達的意思，但句子就要圓融得多了。

再調整一下首聯，全詩可改為：

> 霜華欲掩料應難。碧海孤飛魄自寒。

一片砧敲千里白，半輪雞唱五更殘。

綠蓑江上秋聞笛，紅袖樓頭夜倚欄。

借問嫦娥緣底事，不教雲外永團圞。

由香菱學詩的過程，我們大致可以要求初學者：

（一）盡量不要用疊字：

（二）盡量不要用句內對。

這樣寫出來的七律句法自然清健。

在《紅樓夢》中，黛玉要香菱多讀杜甫的七律，認為是學習七律的法門。其實，元代方回所編的《瀛奎律髓》，把唐宋兩代的律詩佳作大都選入，是學習五律、七律的典範選本。多讀多臨摹這本書中的詩作，對提昇五七言律詩的創作水平，有極佳的功效。

如何妥帖地排佈意象

　　無論是作詩還是填詞，又或者寫一篇文章，第一要緊的宗旨不是美，而是渾成。就像大多數青年人找對象，首先得五官端正，才能論及其餘。

　　詩詞都是依靠描寫意象來抒情達意的，一首詩，一闋詞，都是很多意象的組合。每一個意象不能各自為戰，不能彼此之間了無情思，而應該存在有機的聯繫。

　　初學詩詞的人，見眼前景致紛繁，總想都寫入詩中，不知未經妙手的剪裁，單是把自然界的景物堆到一處，寫出的詩詞便不能渾成，而徒然是意象的堆砌。譬如把各種濃烈的色彩塗在一張畫布上，那不是真正的藝術，或者至少不是古典的藝術。

　　做中西文學比較研究的學者，常常會舉元人馬致遠的《天淨沙‧秋思》小令為例，以說明中國詩詞不太講究語法，單只是羅列意象，就可以是很好的一首作品了：

　　　　枯藤老樹昏鴉。小橋流水人家。古道西風瘦馬。
　　　　夕陽西下。斷腸人在天涯。

　　依著現代語法的概念，我們可以說這首小令只有兩個符合現代語法要求的完整句子，「夕陽西下」和「斷腸人在天涯」。其中的意象包括了：枯藤、老樹、昏鴉、小橋、流水、人家、古道、西風、瘦馬、夕陽、斷腸人、天涯，前三句都分別是三個意象的羅列，第四句賦予了夕陽以「西下」的動態，第五句是一篇之眼，也點明了題旨，是寫天涯遊子悲涼孤寂的情懷。

　　這首小令恍如一幅畫，我們讀後立即可以強烈地感知曲

子中描寫的場景，也能對斷腸人漂泊天涯的心情產生出深摯的同情。何以會如此呢？祕密就在於曲子中的意象，都是有內在關聯的，它們形成了若干個意象群，產生出一種集團作戰的合力，從而更有力地打動我們。

枯藤與老樹之間有何關聯？藤向來是纏於樹幹的，鴉則棲於樹上。枯藤、老樹、昏鴉，都是中國詩人造出來的文學詞彙，它們的共同特點是，實字前面的虛字，都帶有一定的感情色彩。而這三個帶感情色彩的虛字：枯、老、昏，又都能給人一種荒涼死寂的感覺，故此連在一起會十分和諧。這是第一個意象群。要是我們換成青藤老樹，或者枯藤綠樹，昏鴉換作棲鴉，馬上就失去了這種和諧感。

小橋跨過流水之上，流水又繞人家屋前而過，這三個意象也是關聯在一起的，是第二個意象群。第二個意象群的共同特點是有生氣，故與第一個意象群互相映照，這就有了對比，也就有了詩的張力。

我們可以想像眼前就是這支曲子所寫的畫面：近景是枯藤老樹昏鴉，中景是小橋流水人家，而遠景則是古道西風瘦馬 —— 它們的連帶關係不必贅言，而它們的共同情感寄託則是孤獨、荒涼、倔強。有了這三個意象群作鋪墊，則有了曲家的藝術想像：夕陽西下，斷腸人在天涯。假使有這樣的一幅畫，夕陽落山的景象和斷腸人都是不必再著墨繪出的，我們自可於想像得之。

這是元曲中的著名例子，由著這一支曲子，我們可以歸納出寫作時要注意的兩點：一是相鄰近的意象之間要有關聯，要能形成意象群；二是意象本身就該帶有一定的感情色彩，那些負責調配感情的虛字，必須與相鄰的虛字是和諧的。

好比李玉（一說徐子超作）《千忠錄・八陽》中的《傾

杯玉芙蓉》，「但見那寒雲慘霧和愁織，受不盡苦雨淒風帶怨長」，要是寫成濃雲薄霧和愁織（李清照詞有「薄霧濃雲愁永晝」句），暴雨飄風（老子曰：飄風不終朝，驟雨不終日）帶怨長，那就無法動人了。

通過虛字讓意象之間產生聯繫，以形成意象群，就像書法不能只顧單字的結體，而應該有聯章的照應。

意象之所以與景象不同者，則在於意象有「意」，有詩人的意識貫注，是帶著情感色彩的「象」。

此兩點是歷代詩家所共知的祕密。

如初唐宋之問《題大庾嶺北驛》：

> 陽月南飛雁，傳聞至此回。
> 我行殊未已，何日復歸來。
> 江靜潮初落，林昏瘴不開。
> 明朝望鄉處，應見隴頭梅。

首聯先用農曆十月（陽月）大雁南飛，到大庾嶺而飛越不過去的傳說來起興。十月雁南飛，為庾嶺所阻，本來只是對傳說故事的一次沒有感情的複述，但加上「傳聞」這兩個虛字，就有了詩人的意識在其內了。

頷聯上句的「象」是詩人的行動：我行未已；下句的「象」是詩人的心理活動：何日歸來。但各加了一「殊」字一「復」字，就相當於書法中的頓筆，強調了筆畫，更加增益了詩句的情感濃度。大雁不度嶺，而我卻要度嶺繼續南下，不知何日北歸，這是兩組意象間的呼應。

頸聯仍寫眼前景，決不跳躍到別的空間、別的時令中去。初學者易犯的毛病是在一首詩中歷遍春夏秋冬，或者從白天到黑夜

都寫到。初學時要假定自己是一名攝影師，面對的是一幀照片，所有的描述、想像、抒情、議論，都該圍繞這一幀照片展開。

頸聯的意象是平靜的江水、初退的潮、昏暗的林子、濃得遮住望眼的瘴氣，它是通過駢文句法的壓縮來組織意象的：江靜因潮之初落，林昏為瘴而不開。

尾聯中的「隴頭梅」是反用了一個著名的典故：陸凱與范曄相善，陸凱自江南寄梅花一枝給長安的范曄，並贈詩曰：「折花逢驛使，寄與隴頭人。江南無所有，聊贈一枝春。」此句是說將來（「明朝」有後來、將來之意）在登高望鄉之地，應有朋友自長安寄來問候。因有「明朝」一詞作為聯繫，在時間上便與開頭的「陽月」不矛盾了，否則，梅花與陽月是不能同時出現的。

再如李白的《渡荊門送別》：

> 渡遠荊門外，來從楚國遊。
> 山隨平野盡，江入大荒流。
> 月下飛天鏡，雲生結海樓。
> 仍憐故鄉水，萬里送行舟。

次聯的「山」與「平野」，「江」與「大荒」，是依靠著「隨」、「盡」、「入」、「流」四個虛字而產生了密切的關聯。山不是靜態的山，是隨平野而盡（於視野中）的山，江是滔滔不息流入大荒的洪流。這樣意象與意象之間勾連不絕，便無堆砌之弊了。

下一聯是說月亮向西流，如天空中飛鏡；雲彩向上湧起，如結成海市蜃樓，這仍是用駢體句法壓縮成詩句，也是通過駢句壓縮的方法，讓意象與意象之間有了靈動的氣息。

杜甫的《別房太尉墓》：

> 他鄉復行役，駐馬別孤墳。
>
> 近淚無乾土，低空有斷雲。
>
> 對棋陪謝傅，把劍覓徐君。
>
> 惟見林花落，鶯啼送客聞。

詩以哀輓他的老友，曾在玄宗時任宰相的房琯。唐肅宗繼位後，房琯無罪而被貶。杜甫曾上疏（shù）力諫，而得罪了肅宗，差點連命都丟掉。房琯去世兩年後，杜甫在閬州房琯墓前憑弔。

古人稱此詩頷聯兩句「能融景入情」，又稱另一位詩人嚴維的「柳塘春水漫，花塢夕陽遲」能「寄情於景」（吳喬《答萬季野詩問》二十九），其實都是在說只有把意象和意象組合成意象群，才會有動人的力量。

「近淚無乾土」，是「土因近於淚而無乾處」之意，這是逆寫的句法，比寫「淚水濺濕墳前土」更有強調的作用，淚與墳前土的意象間，也就存在著極強的黏性，不可分割。「低空有斷雲」，是「斷雲從空中低垂下來」，也同樣是逆寫，同樣是讓天空和斷雲兩個意象結合得特別緊密。

中唐劉長（zhǎng）卿號「五言長城」，他的五言詩，情濃句健，很值得認真研讀。情如何濃？句如何健？就要靠意象的組織經營與句法的錘煉。

如《餞別王十一南遊》：

> 望君煙水闊，揮手淚沾巾。
>
> 飛鳥沒何處，青山空向人。

長江一帆遠，落日五湖春。

誰見汀洲上，相思愁白蘋。

首句「煙水闊」是一個意象，「望君」又是一個意象，但連在一起就有了呼應。「飛鳥」指的是船隻，因古人船頭要繪著水鳥，故用以代指船。「飛鳥沒何處」，就是說船已消失在地平線了，它到底去了哪裏呢？「青山空向人」，是說只有青山寂然不動，空自地對著自己。這是以青山的靜，反襯行舟的動。前四句，讀者自能想像到，友人王十一的船已消失在煙水茫茫的天際，而作者仍佇立不去的心情。

頸聯的意象純出自想像，它們不是眼前之景，所以不妨從空間上跳躍開去。「一帆」其實是說王十一這一個人，用「一」寫他在南方的孤獨；「五湖」是太湖，詩人用「落日五湖春」寄託著美好的祝願，意思是，只要有落日照映的地方，春色都與你相伴。

尾聯又切換到眼前景來，說的是汀洲上的白蘋，也與詩人一樣因相思而愁苦。尾聯的句法很特殊，「汀洲上相思愁白蘋」是「誰見」的賓語，這十個字是不可割裂的整句，古人稱作「十字格」。

意象的營造和組織，是學詩的一大關鍵，平時讀詩、臨摹名作時，可以特別地分析一下原作的意象，以及它們是如何組成意象群的，然後運用到自己的臨寫中去。一旦此關打通，就可算得上入門了。

詩的篇法基礎：虛實相生

很多朋友下筆寫詩，生怕讀者不理解似的，總想著把心中所想完全表達出來，滿篇都是抒情、議論，而缺乏形象。這就像是一幅擠得滿滿當當的畫，很難談得上美感。

而另外有少數朋友，他們的筆下滿紙煙嵐，全是對景色的描寫，看上去文辭優美，卻看不到他們自己的情感波動、思想活動。

前一種人，是太渴望表達自己，卻不知詩首先是要來表現自己的內心，而非為了表達自我、與人交流。後一種人，往往具有較高的語言天賦，然而寫出來的只如徒具外形的紙花剪彩，沒有詩的靈魂。

宋歐陽修《六一詩話》中記載了一個有趣的故事：

> 國朝浮圖，以詩名於世者九人，故時有集號《九僧詩》，今不復傳矣。余少時聞人多稱之。其一曰惠崇，餘八人者，忘其名字也。余亦略記其詩，有云：「馬放降來地，雕盤戰後雲。」又云：「春生桂嶺外，人在海門西。」其佳句多類此。其集已亡，今人多不知有所謂九僧者矣，是可嘆也！當時有進士許洞者，善為辭章，俊逸之士也。因會諸詩僧分題，出一紙，約曰：「不得犯此一字。」其字乃山、水、風、雲、竹、石、花、草、雪、霜、星、月、禽、鳥之類，於是諸僧皆閣筆。

九僧的語言十分粹美，但因為缺乏思想感情，構思作品時就總在自然景物中打轉，寫不出真正動人的作品，當然也就很快被人遺忘。

詩中形象多而情感意思少，是可以通過技術手段來補救的，反之如果詩中情感意思多而形象少，也同樣可以通過技術手段來補救。這種技術手段就是虛實相生的謀篇佈局之法。

詩的終極目的是抒情或者言志，而詩中描寫景物或敘事，都是為了託物寓興，即事言志，景或事起著映襯烘托的作用。故凡是抒情的、議論的內容，便是實，凡是寫景的、敘事的內容，便是虛。

一首好的詩詞，一定是虛實搭配得宜的。太實了不耐咀嚼，太虛了甜俗可厭，總要在虛與實之間求得中庸，才可能成為佳作。

如孟浩然的《望洞庭湖贈張丞相》：

> 八月湖水平。涵虛混太清。
>
> 氣蒸雲夢澤，波撼岳陽城。
>
> 欲濟無舟楫，端居恥聖明。
>
> 坐觀垂釣者，徒有羨魚情。

此詩是一首請求受詩者予以接引的干（gān）謁詩，作者的目的，是希望得到曾任丞相的張九齡的舉薦而進入仕途。但求人而不失身份，只說自己因向來無人提攜，故只能在聖明的盛世因不得為國效命而感到羞恥。看著別人青雲直上，未免心生羨慕。

後四句是實寫，前四句則是虛寫。虛寫的部分，寫出洞庭湖渾灝的氣象，故為千古名句。清代屈復說：「前半何等氣勢，後半何其卑弱！」（《唐詩成法》）未免責備賢者了。如果沒有後半的抒情，前半再好，也是空洞的。

需要特別指出，本詩的首聯是一種特殊的拗救。仄仄平平

平，是孟浩然個人喜歡用的句式，當它作為上句時，下句必須是⊕平平仄平，他的「北闕休上書，南山歸敝廬」也正是這樣處理。由此我們知道這裏的「混」字只能念 hún。孟浩然還喜歡用這種句式作下句，如「臥聞海潮至，起視江月斜」、「楚關望秦國，相去千里餘」，上句都作⊕平仄平仄。但這不能作為近體詩拗救的通例，而應看作是把古風的句法用到了律詩當中，是一種破格。

又如杜甫的《登岳陽樓》：

> 昔聞洞庭水，今上岳陽樓。
> 吳楚東南坼，乾坤日夜浮。
> 親朋無一字，老病有孤舟。
> 戎馬關山北，憑軒涕泗流。

首聯是敘事的虛寫，但虛中有實。它的上句「昔聞」，是得諸傳聞的虛寫，而下句「今上」，則較實了一些。

頷聯寫景，當然是虛筆。頸聯抒情，則是實寫了。

尾聯大體是抒情，屬於實寫，但卻實中有虛，「戎馬關山北」是來自想像，略有些虛；「憑軒涕泗流」則寫眼前事，乃是純然的實。

再看梅堯臣的名作《魯山山行》，同樣是錯綜交互，虛實相生：

> 適與野情愜，千山高復低。
> 好峰隨處改，幽徑獨行迷。
> 霜落熊陞樹，林空鹿飲溪。
> 人家在何許，雲外一聲雞。

首句開門見山，先抒情實寫，以此切入，次句接以「千山高復低」，便轉為虛寫。

頷聯又接著虛寫景色，但虛中有一點實：峰是好峰，徑為幽徑，這兩個意象都是有情感注入的；「隨處」寫出詩人心中的輕鬆無掛礙，「獨行」寫出探幽尋勝的自適，都不是純粹的寫景。便如太極圖中，陰裏有點陽，陽裏又有一點陰。

頸聯是虛寫景，以更作烘托。

尾聯到底是實寫還是虛寫呢？尾聯有作者的心理活動：「人家在何許？」這是實寫，而作者沒有讓結句坐實，卻是從聽覺著手，虛寫了一句「雲外一聲雞」，讓你自個兒去想像。

為什麼梅堯臣的這首詩，不像杜甫的《登岳陽樓》那樣，尾聯用實寫結束呢？這涉及詩中結句的技巧。

如果寫詩時的情感特別充沛，就可以像杜甫一樣實寫到底；而如果詩中只是要表達一些恬淡的閒情逸致，那麼就不如通過虛寫留給讀者以想像。

古人所謂的言外之意，象外之旨，不外於是，所謂情不夠，景來湊是也。

無論是五言還是七言，無論是古風還是近體，無論是詩還是詞，虛與實相間搭配的原則，都是通用的。

七律如李德裕的《謫嶺南道中作》：

> 嶺水爭分路轉迷。桄榔椰葉暗蠻溪。
>
> 愁衝毒霧逢蛇草，畏落沙蟲避燕泥。
>
> 五月畬田收火米，三更津吏報潮雞。
>
> 不堪腸斷思鄉處，紅槿花中越鳥啼。

作者李德裕是晚唐時的名臣，唐宣宗李忱即位後，李德裕

被貶往嶺南，這首詩即作於其時。

首聯只是白描式的寫景，純是虛寫。

頷聯既是在記行程的艱苦，更是在寫憂讒畏譏的心理狀態，因此是實寫。

頸聯的上句，是寫眼前所見，仍屬於虛寫的景；而下句是敘當前事，相對於抒情議論來說，是虛寫，但比寫景卻又實了一點。這就像國畫、書法中用墨，有極濃的墨，有極淡的墨，中間還有多種層次的墨色。潮雞又名石雞、伺潮雞，潮來即啼。

尾聯上句的「不堪腸斷思鄉處」是實寫，但他怕情感太直露了，影響到詩的含蓄蘊藉之美，故結句以景語收束，用虛寫的筆法給了讀者更深的聯想。這就像寫字作畫時，墨太濃了要加點水，是一個道理。「越鳥」暗用「胡馬依北風，越鳥巢南枝」之語典，讓思鄉情緒更深了一層。

盧綸的《長安春望》：

> 東風吹雨過青山。卻望千門草色閒。
> 家在夢中何日到，春來江上幾人還。
> 川原繚繞浮雲外，宮闕參差落照間。
> 誰念為儒逢世難，獨將衰鬢客秦關。

寫長安亂後，流落無歸的淒愴感怨，也深得虛實相生之妙。

首聯寫景，是虛筆，但中間有著由淡到漸濃的過渡——「東風吹雨過青山」只是尋常之景，但「千門草色閒」寫出了長安亂後人跡稀少、草深沒階的淒涼景象，用「卻望」來過渡，就有了一點感情的因素，也就「實」了很多。

頷聯寫心理活動，是純粹的實寫，頸聯馬上又轉虛寫。《唐詩摘鈔》評論說：「五、六寫景，初嫌其寬泛，不知此二句深寓亂後之感；調愈壯，氣愈悲。」意思是愈寫長安都城在遠觀中的雄壯氣象，愈見出詩人在亂後的悲傷之感。所以在詩詞中虛筆不虛，只要能更好地寫實，虛筆的作用就是無可替代的。

尾聯抒情，以濃墨重筆來實寫，情感也就到了最高潮。

再來看幾首詞的虛實搭配：

訴衷情

韋莊

燭燼香殘簾半捲，（虛）夢初驚。（實）花欲謝，深夜，月籠明。（虛）何處按歌聲。輕輕。（實）舞衣塵暗生。（虛）負春情。（實）

憶江南

溫庭筠

千萬恨，恨極在天涯。（實）山月不知心裏事，（實）水風空落眼前花。（虛）搖曳碧雲斜。（虛）

采桑子

歐陽修

群芳過後西湖好，（實，議論也。）狼藉殘紅。（虛）飛絮濛濛。（虛）垂柳闌干盡日風。（虛）　笙歌散盡遊人去，（虛）始覺春空。（實）垂下簾櫳。（虛）雙燕歸來細雨中。（虛）

西江月

蘇軾

照野瀰瀰淺浪，橫空曖曖微霄。（虛）障泥未解玉驄驕。（虛）我欲醉眠芳草。（實）　可惜一溪明月，莫教踏破瓊瑤。（實）解鞍欹枕綠楊橋。（虛）杜宇一聲春曉。（虛）

清平樂

辛棄疾

遶牀飢鼠。蝙蝠翻燈舞。屋上松風吹急雨。破紙窗間自語。（上片皆虛）　平生塞北江南。歸來華髮蒼顏。布被秋宵夢覺，眼前萬里江山。（下片皆實）

虛與實，就像黑與白，是兩種極端的情況的描述。更多的時候，虛與實之間存在著漸變的過渡，不能非此即彼，而不考慮到虛實之間的狀態。如敘事與寫景都屬於虛筆，但相對寫景，敘事的句子又要實了很多；景語一旦融進了情，也會增加它「實」的程度。

學詩者宜多加練習，每次習作，先注意到虛實的排佈，積久功成，自然能虛實交融一片，神行而不測。

詩詞中的時間

我每年講《唐宋詞之美》這門課時，都會問學生一個問題，李後主的《浪淘沙》「流水落花春去也，天上人間」，到底好在哪裏？

這個問題對於未經受哲學訓練的大學本科生來說，的確很難。答案是：「流水落花春去也」隱喻時間的無窮，「天上人間」指的是空間的無垠，從過去到現在直到永遠，他的悲愴都不會消逝，無論在天上還是人間，竟然都沒處安放李後主一顆痛苦絕望的內心。他用有涯之生，與無涯之時空作了驚心動魄的對比，故能成千古絕唱。

詩詞是時空的藝術，如果能做到時空搭配得宜，比照強烈，一般來說，寫出來的詩詞就比較有味道了。但要像李後主這首《浪淘沙》那樣時空交織，渾灝一片，對初學者來說是一件幾乎不可能完成的任務。初學者可以分別從時間、空間兩方面入手，去訓練自己的詩性的思維。

詩中的時間，不能孤立地存在。當你在詩中舉出一個時間時，一定要想著另外還得安排一個時間與它相對比。在學習創作時，要善於運用時間的對比，以增進詩的韻味。

一種常用的對比是今昔對比。

南北朝時期的文學家庾信，他的《枯樹賦》以這樣幾句話結束：

> 桓大司馬聞而嘆曰：「昔年種柳，依依漢南。今看搖落，淒愴江潭。樹猶如此，人何以堪。」

作者用了東晉桓溫的典故：「桓公北征，經金城，見前為琅邪時種柳，皆已十圍，慨然曰：『木猶如此，人何以堪！』

攀枝執條，泫然流淚。」（《世說新語·言語》）

原典通過今昔對比，感慨時光的易逝，原典中的「今」，是公元 356 年桓溫第二次北伐時，原典中的「昔」，是公元 335 年桓溫在琅邪內史任上。

桓溫所說的「木猶如此」，只是說樹木不知不覺中已長得非常粗大，沒有更深的含義，他的「人何以堪」，是加上了自己的想像後的感慨。但在庾信那裏，昔年的依依與今時的搖落相對比，就有了更深的意蘊。無情的樹木尚且有搖落枯萎之日，更何況有情之人呢？庾信的賦寫出了對脆弱的生命的深沉喟嘆，因此更加動人。

但我們看原典只因用了今昔對比的手法，雖然是散文，卻不乏動人的詩味，可見這一手法是非常利於產生詩味的。

在很多名作中，都有今昔對比的技巧。比如杜甫的《贈衛八處士》：

> 人生不相見，動如參與商。
> 今夕復何夕，共此燈燭光。
> 少壯能幾時，鬢髮各已蒼。
> 訪舊半為鬼，驚呼熱中腸。
> 焉知二十載，重上君子堂。
> 昔別君未婚，兒女忽成行。
> 怡然敬父執，問我來何方。
> 問答乃未已，兒女羅酒漿。
> 夜雨剪春韭，新炊間黃粱。
> 主稱會面難，一舉累十觴。
> 十觴亦不醉，感子故意長。
> 明日隔山嶽，世事兩茫茫。

這是一首古體詩，詩中的平仄不能按近體詩的平仄來衡量。

全詩先以「人生不相見，動如參與商」總括過去，說在往昔的漫長歲月裏，你我難得會面，再寫「今夕」重逢。參、商是天上的兩個星宿，商又名辰，從我們人眼中看去，它們不會同時出現在天上，故以其比喻親友隔絕不能相見。

詩人感慨過去的「少壯」，今時的「鬢蒼」。過去的老朋友們「半為鬼」，今夕與衛八相逢，各驚尚在，故而「驚呼熱中腸」。

「昔別」時衛八尚未成婚，現如今已是兒女成行了。多年好友難得相見，一旦會面，哀樂並來，這樣的複雜情緒，就刻劃得十分到位了。

詩的最後，更以「明日隔山嶽」與今夕「一舉累十觴」的快樂相比照，寫出了一位飽經世事的中年人對不測的未來的憂懼感。

又如白居易的《琵琶行》中，寫琵琶女自述身世，也是用的今昔對比之法：

自言本是京城女。家在蝦蟆陵下住。

十三學得琵琶成，名屬教坊第一部。

曲罷曾教善才服，妝成每被秋娘妒。

五陵年少爭纏頭，一曲紅綃不知數。

鈿頭銀篦擊節碎，血色羅裙翻酒污。

今年歡笑復明年，秋月春風等閒度。

弟走從軍阿姨死，暮去朝來顏色故。

門前冷落鞍馬稀，老大嫁作商人婦。

商人重利輕別離，前月浮梁買茶去。

去來江口守空船。繞船月明江水寒。

夜深忽夢少年事，夢啼妝淚紅闌干。

　　詩人借琵琶女之口，說出少女之時五陵年少爭奉纏頭之
資，如今則「老大嫁作商人婦」，常常「夜深忽夢少年事」，
在今昔對比的中間，還有「今年歡笑復明年」四句，來作時間
上的過渡。

　　詩人有感於「同是天涯淪落人」，寄託其遷謫之悲，也是
用的今昔對比之法：

我從去年辭帝京。謫居臥病潯陽城。

潯陽地僻無音樂，終歲不聞絲竹聲。

住近湓江地低濕，黃蘆苦竹繞宅生。

其間旦暮聞何物，杜鵑啼血猿哀鳴。

春江花朝秋月夜，往往取酒還獨傾。

豈無山歌與村笛，嘔啞嘲哳難為聽。

今夜聞君琵琶語，如聽仙樂耳暫明。

　　今昔對比往往是七言絕句和小令詞的主體結構。如：

岐王宅裏尋常見，崔九堂前幾度聞。

正是江南好風景，落花時節又逢君。

　　　　　　　　　　　—— 杜甫《江南逢李龜年》

家在荒陂長似秋。蓼花芹葉水蟲幽。

去年相伴尋山客，明月今宵何處遊。

　　　　　　　　　　　—— 于鵠《寄周恽》

惆悵沙河十里春。一番花老一番新。

小樓依舊斜陽裏，不見樓中垂手人。

—— 蘇軾 《戲贈》

少年哀樂過於人。歌泣無端字字真。

既壯周旋雜癡黠，童心來復夢中身。

—— 龔自珍 《己亥雜詩》 之一七○

宿鶯啼，鄉夢斷，春樹曉朦朧。殘燈和燼閉朱櫳。人語隔屏風。　　香已寒，燈已絕。忽憶去年離別。石城花雨倚江樓。波上木蘭舟。

—— 馮延巳 《喜遷鶯》

憶昔午橋橋上飲，坐中多是豪英。長溝流月去無聲。杏花疏影裏，吹笛到天明。　　二十餘年如一夢，此身雖在堪驚。閒登小閣看新晴。古今多少事，漁唱起三更。

—— 陳與義 《臨江仙》

　　人生是一段悲欣交集的過程，今昔之比，蘊藏著人生的苦難與成長的記憶，故而易生發出詩性，感染讀者。

　　詩詞（以及賦、駢文等美文）中還往往依靠恒久的時間與短暫的時間的對比，來呈現詩性。

　　屈原《離騷》云：「日月忽其不淹兮，春與秋其代序。惟草木之零落兮，恐美人之遲暮。」日月每天照常昇沉，不會有哪怕一刹那的停留，春秋節序萬古不易，這是在敘寫恒久的宇宙時間；而草木零落，美人遲暮，則是短暫的人類時間，以人類生

命的短促與宇宙的永恒作比，自然能引起人們強烈的共鳴。

李白《將進酒》劈頭即說：「君不見黃河之水天上來，奔流到海不復回。君不見高堂明鏡悲白髮，朝如青絲暮成雪。」黃河之水不息奔流，是亙古不變的時間的體現，而「朝如青絲暮成雪」，則是人類生命脆弱短暫的象徵。以是之故，才有「人生得意須盡歡，莫使金樽空對月」的生命意識的覺醒。

杜甫在《兵車行》裏寫道：「或從十五北防河，便至四十西營田。去時里正與裹頭，歸來頭白還戍邊。邊庭流血成海水，武皇開邊意未已。」在十五到四十歲的漫長歲月中，戰士由還需要里正給裹頭的「娃娃兵」，變成白頭的老卒，在這漫長的歲月中，戰士經歷了太多生死一髮的場面，而武皇開疆拓土的心意，卻像永恒的時間一樣，沒有任何變化。這樣對比之下，詩的批判力量也就無與倫比了。

詩詞中時間的修短，一般都是通過形象的語言來表達。像韋莊的《楚行吟》：

> 章華臺下草如煙。故郢城頭月似弦。
> 惆悵楚宮雲雨後，露啼花笑一年年。

草、月、露、花的恒久，與楚國的短暫兩相對照，就寫出了詩人對歷史的深沉感喟。

李商隱的《詠史》：

> 北湖南埭水漫漫。一片降旗百尺竿。
> 三百年間同曉夢，鍾山何處有龍盤。

「三百年」指東吳孫皓降晉後，先後定都於建康城的東

晉、宋、齊、梁、陳，詩人用「同曉夢」三字，寫出了歷史的恒久與無情，而朝代已數番變更，哪裏有什麼龍盤虎踞的形勝可恃呢？

清初詞人朱彝尊的《賣花聲·雨花臺》：

> 衰柳白門灣。潮打城還。小長干接大長干。歌板酒旗零落盡，剩有漁竿。　　秋草六朝寒。花雨空壇。更無人處一憑欄。燕子斜陽來又去，如此江山。

下片的「秋草六朝寒」，意思是這秋草從六朝到清初以來一直生長不息，它像歷史一樣，給人心添上了寒意。末句以年年不變的燕子，每日如是的斜陽為烘托，感慨南明朝廷只堅持了半年多，就因內部的傾軋消耗，不敵清人的鐵蹄，而慘遭覆滅。人事的短暫與時間的恒久一旦放在一起對比，就帶來了震撼人心的藝術效果。

程千帆先生在他的名文《古典詩歌描寫與結構中的一與多》中，把恒久的與短暫的時間對立，比擬為哲學中的「一」與「多」的對立統一。他舉了初唐詩人張若虛的《春江花月夜》中的名句來說明問題：

> 江天一色無纖塵。皎皎空中孤月輪。
> 江畔何人初見月，江月何年初照人。
> 人生代代無窮已。江月年年只相似。
> 不知江月待何人，但見長江送流水。

程千帆先生說：「詩人之所以能夠把自己的思想感情表現得如此的完美，正因為他以似乎是凝固的、永恒的、超時間的

月和不斷在時間中變化的自然界的新陳代謝、人事上的離合悲歡進行了對比；用聞先生的話來說，就是月的無限、無情、永恒與其他種種的有限、有情、短暫對比，月代表永恒，是一，其他均屬短暫，是多。一始終是控制著、籠罩著多，這就使詩人不能不產生所謂無可奈何之感了。」

恒久不變的時間，象徵著無以測度的命運，而短暫的時間所承載的，則是人類的生命活動。人類對時間的思考與感喟，就是生命對命運的回應，也正因此，便有了沁人心脾的詩。

詩詞中的空間

空間排佈也是詩詞的基本結構之一。

一種排佈方式是空間的跳躍轉換，另一種就是空間的小大相形。但無論哪一種方式，其原則都是一致的，就是一定要讓空間活起來，空間不能是靜態的、孤立的，而應該是活動著的、與其他的空間聯繫著的。

要做到這一點，就要有心理的活動，讓心思，而不是視角，隨著空間而轉換，而相對照。

唐代詩人崔顥的四首《長干曲》語意甚淺，但情致纏綿，可稱得上是「曲盡人情」的佳作：

> 君家何處住，妾住在橫塘。
> 停船暫借問，或恐是同鄉。
>
> 家臨九江水，來去九江側。
> 同是長干人，自小不相識。
>
> 下渚多風浪，蓮舟漸覺稀。
> 那能不相待，獨自逆潮歸。
>
> 三江潮水急，五湖風浪湧。
> 由來花性輕，莫畏蓮舟重。

這組詩是一位溯江而上的女子與順流而下的男子的對答。一、三首是女子的話，二、四首則是男子的答語。言辭中有一些挑逗的成分，卻不涉淫邪，而是帶著質樸天真的氣息。

這讓人想起沈從文的《邊城》。在「邊城」裏生活的人，也自遠於歷史、政治、文化、知識、學問以外，按照人的最常態、最本真也最自然的樣子生活。

唐代社會風氣開放，禮教對人的束縛不如宋代以後，人們在精神上較少桎梏，這組《長干曲》寫出了兩個素不相識的普通男女江上偶遇、互相調謔的本真狀態。

這四首詩在空間排佈上很值得學習，都是以空間的轉換或對比作為主體結構。詩的意境的形成，主要就是依託於空間的排佈，以及在空間裏跌宕起伏的心理活動。

第一首是空間的虛實對比。首句「君家何處住」，是發問的語氣，有待於對方的回答，因此是一個虛擬的空間，而「妾住在橫塘」就是實在的空間了。「停船暫借問」又是實在的，「或恐是同鄉」就又是虛擬的了。最後一句為的是解釋第一句，好讓女子主動的「撩」顯得不那麼著於痕跡。

第二首是男子的答話，詩的結構是空間的小大對比。前三句所寫的九江、長干，本是一有限的空間，但因末句的「自小不相識」，卻點出這一空間相對於人來說，是空漠廣大的，否則早就會相識了。前三句所記述的，是實有的物理的空間，第四句所蘊藏的，是心理的空間、文化的空間，也就是家鄉。男子的意思是：哎呀老鄉呀！我怎麼沒早認識你呢？

第三首仍是女子在說話。她半帶「明示」地勸男子：莫要再往下游去了。愈到下游，水流愈急，風浪愈多，船隻也愈稀少，像我這樣的美好女子也就愈罕見了。要是你肯回頭，我會在上游等你，切莫要再往江潮漲起的東方獨自前行了。空間上由下渚而轉換到江流相待之地，再轉到浩渺無盡的江水下游，語意上則是愈來愈潑辣大膽，充滿調謔的氣息。

第四首是男子「反撩」女子。五湖是太湖的別稱，三江則

是太湖附近的松江、錢塘江、浦陽江。男子說，你還是跟我往下游去吧，我的船雖載不得重，可是你身段苗條，身子一定也很輕的啊，不用擔心我的船會經不起風浪。空間上以三江與五湖並舉，用三江五湖的闊大，映襯蓮舟的纖小。三江五湖縱多風浪，一葉扁舟卻可以來去自如，凸顯出男子無畏的氣概。

李白是善用空間轉換的大師。我們看他的《早發白帝城》：

> 朝辭白帝彩雲間。千里江陵一日還。
> 兩岸猿聲啼不住，輕舟已過萬重山。

時間只是一日，而空間迭經白帝城、萬重山、江陵之轉換，從而寫出感情的輕快。

而又以「彩雲間」強調白帝城之高峻，以「彩」與「白」形成顏色上的對照。「彩」是眼睛可以看到的真實的色彩；白帝城的「白」，其實是「西」的意思，因古代五行理論說西方色白，故西漢末年公孫述據蜀地稱帝，自稱白帝，遂築白帝城。但讀者卻可以把此白想像成彼白，這是漢語特有的魅力。

宋代詩人梅堯臣《錢志道推官遺（wèi）紗帽》有句云：「遠贈烏紗帽，能無白也詩。」「白也」，出自杜甫《春日憶李白》「白也詩無敵」，指李白，梅堯臣卻借來和烏紗作對仗，渾然天成。

李白的另一首有名的七絕《聞王昌齡左遷龍標遙有此寄》：

> 楊花落盡子規啼。聞道龍標過五溪。
> 我寄愁心與明月，隨風直到夜郎西。

也是善用空間排佈的典範。

龍標，是唐代縣名，在今湖南懷化一帶。王昌齡因寫《梨花賦》，被人中傷，而貶為龍標尉，故李白用「龍標」指代他。五溪是武溪、巫溪、酉溪、沅溪、辰溪，在湘西黔東，向為少數民族聚居之地。夜郎亦為唐代縣名，位於今湖南沅陵。

詩中用以標識空間的都是地名，但卻不覺堆砌呆板，而有靈動的氣息，就是因為作者善於把自己的心理活動融鑄到空間當中。

詩以「楊花落盡子規啼」起興，子規啼聲悲苦，烘托出「聞道」王昌齡被貶消息後的哀惜。愁心固然隨著空間的轉換而轉，但如何讓讀者把握這顆愁心呢？李白讓明月來代表了他的一顆心，隨著風兒，鎮夜相隨友人，直到夜郎縣以西去。這就賦予不易感的抽象的心理活動以具體可感的形象，古人所謂「詩家語」，大抵即是如此。

李白還有一首用了更多地名的絕唱《峨眉山月歌》：

> 峨眉山月半輪秋。影入平羌江水流。
> 夜發清溪向三峽，思君不見下渝州。

明代王世貞《藝苑卮言》云：「此是太白佳境，然二十八字中，有峨眉山、平羌江、清溪、三峽、渝州，使後人為之，不勝痕跡矣。益見此老爐錘之妙。」

五個地名，中間毫無轉折的痕跡，更加沒有堆砌之感，就是因為作者的心思活潑潑地，隨著空間的轉換而自由地奔逸著。

詩中的「峨眉山月」，不圓滿地掛在天空上，灑下一片秋光。它的影子落在平羌江中，又從清溪照向了三峽，但總也照不見「君」的身影，只好又照向渝州去了。明是寫月，實是寫作者的一顆心。

明周珽編《唐詩選脈會通評林》裏引用了一個叫金獻之的人的話，拿這首詩與王維的《和賈舍人早朝大明宮之作》做比較，說王維的《早朝》詩五用衣服字，這首詩五用地名字，但王維用在八句中，終覺重複，李白只用四句，而天巧渾成，毫無痕跡。

王維的詩云：「絳幘雞人送曉籌。尚衣方進翠雲裘。九天閶闔開宮殿，萬國衣冠拜冕旒。日色才臨仙掌動，香煙欲傍袞龍浮。朝罷須裁五色詔，佩聲歸向鳳池頭。」用的五個衣服類的詞是絳幘、翠雲裘、衣冠、冕旒、袞龍（袍），的確顯得重複。

何以會如此呢？原因是王維的詩是應制的作品，不是出於個人的思想感情，就像徒具外形的蠟人，沒有真人應有的跌宕起伏的心理活動，自然也就遠比李白的這首詩遜色了。

而李白自己寫的應制詩《清平調》三章：

> 雲想衣裳花想容。春風拂檻露華濃。
> 若非群玉山頭見，會向瑤臺月下逢。

> 一枝紅豔露凝香。雲雨巫山枉斷腸。
> 借問漢宮誰得似，可憐飛燕倚新妝。

> 名花傾國兩相歡。長得君王帶笑看。
> 解釋春風無限恨，沉香亭北倚闌干。

何嘗沒有精心設計的空間的轉換，以及精巧的比喻，精切的用典，但卻絕不是好詩。因為這樣的詩不是出自詩人的本心，沒有真摯的情感活動，也就無法動人。

詩詞中空間排佈的另一基本手法就是小大相形。郁達夫給他的嫂子陳碧岑寫信論詩，就舉杜甫的《詠懷古跡》（其三）為例說明問題：

　　　　群山萬壑赴荊門。生長明妃尚有村。
　　　　一去紫臺連朔漠，獨留青塚向黃昏。
　　　　畫圖省識春風面，環佩空歸月夜魂。
　　　　千載琵琶作胡語，分明怨恨曲中論。

　　他說：「頭一句詩是何等的粗雄浩大，第二句卻收小得只成一個村落。第三句又是紫臺朔漠，廣人無邊，第四句的黃昏青塚，又細小纖麗，像大建築上的小雕刻。」

　　空間上的大小相形，自然會產生出獨特的藝術張力。這樣的例子實是舉不勝舉。

　　詩中如「城分蒼野外，樹斷白雲隈」（陳子昂）、「江流天地外，山色有無中」（王維）、「日暮蒼山遠，天寒白屋貧」（劉長卿）、「黃河遠上白雲間。一片孤城萬仞山」（王之渙）、「孤帆遠影碧空盡，惟見長江天際流」（李白）、「杳杳天低鶻沒處，青山一髮是中原」（蘇軾）、「石麟埋沒藏春草，銅雀荒涼對暮雲」（溫庭筠）、「殘柳宮前空露葉，夕陽川上浩煙波」（劉滄）……詞裏頭像柳永的《八聲甘州》：「漸霜風淒緊，關河冷落，殘照當樓」，張孝祥的《念奴嬌·過洞庭》：「玉界瓊田三萬頃，著我扁舟一葉」，吳文英的《高陽臺·豐樂樓分韻得如字》：「傷春不在高樓上，在燈前欹枕，雨外熏爐」……皆是善用小大相形，而又融情鑄景的典範。

　　作為一種詩學訓練，我們可以在前人的詩集詞集中，多找一些空間上小大相形的例子，輯在一起，會對自己創作水平的

提昇很有效用。

　　有時候，空間與時間來對照，會產生更加雋永的效果。如張祜的《宮詞》：

> 故國三千里，深宮二十年。
> 一聲何滿子，雙淚落君前。

　　我曾見畫家陳少梅題畫，只兩句：「無邊秋思，一片江南。」讀後念念不忘，其妙處既在「無邊」與「一片」的小大相形，又在「秋思」與「江南」的時空對照，雖則僅僅八個字，卻可以看成是最短小的詩。

七絕的章法

在詩詞中，七言絕句是最需要天分，也最不需要學問修養能力的一種體裁。

現代詩人蘇曼殊，自幼未曾好好讀書，初識章太炎、陳獨秀時，寫字都常有缺畫，平仄押韻更是一毫不知。但經陳獨秀略加指點，不久其七絕竟能不脛而走，令無數的青年為之迷狂。其名作如：「蹈海魯連不帝秦。茫茫煙水著浮身。國民孤憤英雄淚，灑上鮫綃贈故人。」「海天龍戰血玄黃。披髮長歌覽大荒。易水蕭蕭人去也，一天明月白如霜。」（《以詩并畫留別湯國頓二首》）、「禪心一任蛾眉妒，佛說原來怨是親。雨笠煙蓑歸去也，與人無愛亦無嗔。」（《寄調箏人三首》其一）、「春雨樓頭尺八簫。何時歸看浙江潮。芒鞋破鉢無人識，踏過櫻花第幾橋。」（《本事詩》其六）無不悱惻芬芳，淒怨感人。

一般而言，七絕更依賴於詩人的天賦，而非後天的學養。但是否七絕就不可教、不可學呢？是又不然。

我們可以通過學習七絕在篇章上的法度，學習它在時空變換上的手段，來熟悉七絕的作法，進而講求其悠遠的聲味、綿長的韻致。

七絕共四句，每一句都有其結構上不可替代的作用。

現代學者邵祖平先生在《七絕詩論》一書裏說，七絕的四句，第一句叫作起句，第二句叫作承句，第三句叫作墊句，第四句叫結句。他稱第三句為「墊句」而非「起承轉合」的「轉句」，第四句是「結句」而非「合句」，是因為第三句不但有承上啟下的「轉」的作用，還有把詩意給補充完整，「墊」上一步的作用，第四句是詩句的完結，但往往詩意卻並不完結，而是有著開放的、不盡的餘韻，並不是封閉式的「合」。

起承墊結，雖非一成不變的作法，卻是歷代七絕名篇大體遵循的寫作思路。

七絕中墊句與結句最為重要，特別是墊句，往往就把時空給「墊」得更加高遠，從而產生詩意。

邵祖平先生說：「愚按七絕篇法，最要為有大篇氣象，而大篇氣象者，平取之不易得，宜翻騰轉折，如霜隼之擊空，狂鯨之撇海，始為得之。」七絕的時空不能局限在一時一地，而要有更加廣闊、更加跳躍的時空感。他舉李白的《送孟浩然之廣陵》為例，說：「『故人西辭黃鶴樓。煙花三月下揚州。』則東西千餘里，收在兩句中。不待浩然之蹤跡到廣陵，而太白之神已先至之。」而到「孤帆遠影碧空盡，惟見長江天際流」兩句，「則筆之斡運，直從地面說到天上。志緯六合，氣滿兩間矣。此種境界，惟獨為胸襟闊異之偉大詩人所攝取。」

在這首詩中，墊句的作用就是由地面說到天上，讓空間更加地壯闊，而結句以水流不盡暗指時間的流逝，也含蓄寫出思念之不斷如流水。

墊句多承擔時空轉換的任務。

如李白《長門怨》：「桂殿長愁不記春。黃金四屋起秋塵。夜懸明鏡青天上，獨照長門宮裏人。」前二句是說被打入冷宮的女子，在地上的宮殿裏寂寥度日，而墊句的空間卻忽然轉換到天上，時間則由「不記春」、「起秋塵」的綿遠定格到一個夜晚，結句用「獨照長門宮裏人」攝取了一幀永恒的影像。明月當然不會獨照長門宮裏人，只是長門宮中可憐的女子，尤其能感受到明月的淒冷罷了。

有時候墊句只是蓄勢待發，而把時空轉換的任務交給結句。

如：「天門中斷楚江開。碧水東流至此回。兩岸青山相對出，孤帆一片日邊來。」前三句皆是眼前景，墊句是為烘托結

句而來，結句謂「日邊來」，其實詩人的眼睛與我們一樣，也只是人類的肉眼，而非有天文望遠鏡的功能，是不可能見到孤帆自日邊而來的，這裏是想像之辭，通過想像的力量，轉移了空間。

《越中覽古》同樣如此：「越王句踐破吳歸。義士還家盡錦衣。宮女如花滿春殿，只今惟有鷓鴣飛。」前三句皆是千年以上的故事，結句才以「只今」二字，陡轉到目前。

而不太成功的七絕，多是因為在結構上缺少時空的轉換，縱有一二秀句，卻沒有神完氣足的全篇。

如溫庭筠的「槿籬芳杜近樵家。壟麥青青一徑斜。寂寞遊人寒食後，夜來風雨送梨花」，司空圖的「故國春歸未有涯。小欄高檻別人家。五更惆悵回孤枕，猶自殘燈照落花」，邵祖平先生就說這些句子不是不好，但「寒食」、「風雨」、「梨花」、「殘燈」、「落花」這些意象，都是觸目可見、隨手可拾、神不遠、思不開，故不能成為名作。

北宋詩人秦觀的《春日》：「一夕輕雷落萬絲。霽光浮瓦碧差差（cī cī）。有情芍藥含春淚，無力薔薇臥曉枝。」邵祖平先生認為此詩意象細小瑣碎，時空凝滯而未出庭戶之內，不懂得時空變換的篇法，故為下乘。

歷史上的七絕名作，大都有時空變換在。下面我們選擇幾首，結合起承墊結的結構，來看一看七絕是如何依靠時空變換來實現詩意的。

邊詞

張敬忠

〔起〕五原春色舊來遲。（寫邊地春遲，一貫如此。）

〔承〕二月垂楊未掛絲。（解釋起句，用物象具體

說邊地之春的遲晚。）

〔塾〕即今河畔冰開日，（時間轉到三月暮，邊地河冰初融。）

〔結〕正是長安花落時。（空間轉到長安。不言思都城，而情致自見。）

送沈子福之江東

王維

〔起〕楊柳渡頭行客稀。（空間在楊柳渡頭，這是一個點。）

〔承〕罟師蕩槳向臨圻。（空間在楊柳渡頭到臨圻，這是一條線。）

〔塾〕惟有相思似春色，（塾句蓄勢待發，謂相思如春色無處不在。）

〔結〕江南江北送君歸。（空間轉為江南江北，這是整個的面。）

涼州詞

王之渙

〔起〕黃河遠上白雲間。（由近到遠，由下而上。）

〔承〕一片孤城萬仞山。（一片與萬仞是一多對照。）

〔塾〕羌笛何須怨楊柳，（謂不必吹奏《折楊柳》這首送別的笛曲來傳遞幽怨，它營造了一個懸念，要待結句來解開。）

〔結〕春風不度玉門關。（結句和一般的時空轉換不同，它是視角的轉換，由起承二句人的視角，轉到了春風的視角。塾句說不要唱《折楊柳》這首送別的

曲子，送人到玉門關外，結句做了解釋：因為連春風都不願意去啊！）

山房春事

岑參

〔起〕梁園日暮亂飛鴉。（近景。）

〔承〕極目蕭條三兩家。（遠景。）

〔墊〕庭樹不知人去盡，（由承句的遠景，轉到近在目前的庭樹。又以「人去盡」暗中交代時光的流逝，引而不發。）

〔結〕春來還發舊時花。（「春來」是今日今時，「還發舊時花」則是今昔對照。）

歸雁

錢起

〔起〕瀟湘何事等閒回。

〔承〕水碧沙明兩岸苔。（起承二句是逆起。從邏輯上說，應該是「水碧沙明兩岸苔，瀟湘何事等閒回」，謂瀟湘之地水碧沙明，兩岸莓苔足食，大雁因何故要飛回北方呢？詩中倒過來說，故為逆起。空間在南。）

〔墊〕二十五絃彈夜月，（想像有湘靈鼓瑟，其聲淒清。墊句承上啟下。）

〔結〕不勝清怨卻飛來。（謂雁受不了瑟音的清怨，故回轉北方。墊結二句，解釋前文。空間在北。）

酬曹侍御過象縣見寄

柳宗元

〔起〕破額山前碧玉流。（遠景的畫面。）

〔承〕騷人遙駐木蘭舟。（遠景中的一個點。與起句是一多對照。）

〔墊〕春風無限瀟湘意，（思想如春風，時空皆拓至「無限」，「瀟湘意」，是思念故人的情感。）

〔結〕欲採蘋花不自由。（空間轉至汀洲之上，謂無有採白蘋放任江湖的自由。墊結二句用南朝柳惲《江南曲》的語典：「汀洲採白蘋。日暖江南春。洞庭有歸客，瀟湘逢故人。故人何不返。春花復應晚。不道新知樂，只言行路遠。」）

石頭城

劉禹錫

〔起〕山圍故國週遭在，

〔承〕潮打空城寂寞回。（二句對仗，共為起承，皆寫今時之景、眼前之物。）

〔墊〕淮水東邊舊時月，（由近而遠，由地上而天上，由今而昔。）

〔結〕夜深還過女牆來。（時間定格在夜深，空間上由闊大的淮水東邊，縮至女牆之一線。）

嫦娥

李商隱

〔起〕雲母屏風燭影深。（空間在屋宇。）

〔承〕長河漸落曉星沉。（空間轉到天上。起承二

句，只是一夜。）

〔墊〕嫦娥應悔偷靈藥，（墊上一步，以引出結句的「夜夜心」。）

〔結〕碧海青天夜夜心。（碧海青天，是無限的空間，夜夜，是無限的時間。）

臺城
韋莊

〔起〕江雨霏霏江草齊。（時間是眼前的這一刻，是現實的時間。）

〔承〕六朝如夢鳥空啼。（六朝如夢，是歷史的時間，想像的時間。鳥空啼，是作者的感受，意思是鳥兒空自啼叫，也叫不醒六朝的迷夢。）

〔墊〕無情最是臺城柳，

〔結〕依舊煙籠十里堤。（墊結二句意思不可分割，十四字要作一氣讀，意思是「依舊煙籠十里堤的臺城柳最是無情」。「依舊」二字，是一篇之眼，以臺城柳的不變，與朝代的多次更替做對比。前者是「一」，後者是「多」。）

澄邁驛通潮閣
蘇軾

〔起〕餘生欲老海南村。（海南村，只是一個很小的點。）

〔承〕帝遣巫陽招我魂。（上帝派了一個叫「陽」的女巫來招我的魂魄，這是由天上而到地下。）

〔墊〕杳杳天低鶻沒處，（海天相接之處一艘船消

失在視線中。海天相接處是一條線，海船則是一個點。鶺是一種鳥，此指船隻，因古人船首都要畫上水鳥。）

〔結〕青山一髮是中原。（再由海船的一點擴展到大陸的一條線。青山一髮，謂大陸的青山如被一根頭髮所繫住，隨時會飄走。）

己亥雜詩

龔自珍

〔起〕罡風力大簸春魂。（天上地下，廣闊無垠的空間。）

〔承〕虎豹沉沉臥九閽。（由整個天地之間，收縮到天門的一點。九閽，即天門。）

〔墊〕終是落花心緒好，（由天上轉到地上。「落花心緒」呼應起句的「簸春魂」。）

〔結〕平生默感玉皇恩。（結句解釋第三句。）

太平洋遇雨

梁啟超

〔起〕一雨縱橫亘二洲。（太平洋在美亞二洲之間，以極大的空間烘托雨勢之大。）

〔承〕浪淘天地入東流。（天地之大，竟都要被太平洋的鉅浪裹挾。）

〔墊〕卻餘人物淘難盡，（此用人物與天地做對比，謂人物氣魄足以包吞天地。此句反用蘇軾的名句「浪淘盡、千古風流人物」，以造成懸念，引出下文。）

〔結〕又挾風雷作遠遊。（結句解釋墊句，令詩意圓滿。）

春日憶廣州絕句

陳獨秀

〔 起 〕江南目盡飛鴻遠，（這句是實景。）

〔 承 〕隱約羅浮海外山。（這句是想像之景。）

〔 墊 〕曾記盈盈春水闊，

〔 結 〕好花開滿荔枝灣。（墊結二句，用「曾記」
轉換時空。「盈盈春水闊」、「好花開滿荔枝灣」，都
是「曾記」的賓語。）

　　七絕來源於七言歌行，所以也像七言歌行一樣追求明白曉
暢，要有流麗之美。如果能寫得自然親切，不著痕跡，就算是
成功了。那為什麼初學寫七絕，還要學習起承墊結的結構呢？
豈非著了痕跡嗎？其實，這就像寫書法一樣，初學書法，一定
要意到筆到，練到化境才可以意到筆不到。七絕初練時注重結
構，正是為了將來的泯除痕跡。

詩意的昇華：借題發揮

業師陳汕齋先生跟我講過您的一首詩：

髮始一莖白戲賦

華年警一髮，風雨厄餘春。

世事難能白，頭顱貴此人。

撫之閒自笑，多難始相親。

未用隨時拔，由來治越棼。

此詩作者二十七歲時作。佟紹弼先生讀了這首詩，指著「世事難能白，頭顱貴此人」一聯：「這兩句終於是詩了。」

佟先生何以要這樣說呢？我們先要知道詩意是如何發生的。這個問題何敬群先生談得最透徹。他說：

詩法不外空間、時間、感想，與借題發揮四事之互為綜錯。（《益智仁室論詩隨筆・法勢》）

持此四事衡諸上詩，可謂若合符節。

「此人」與「世事」是自己與外物的空間對比；「華年」與一莖髮白，閒撫之時與多難之辰，是時間上的對比；「風雨厄餘春」既是時間的對比，也是用起興的修辭方法，來抒發對於「華年警一髮」的感想。

當然，此句中的「警」字也有感想之意。初學者寫詩，往往容易寫景的句子就單純寫景，敘事的句子就單純敘事，抒情、議論的句子就單純抒情、議論，這是需要在一開始就要努力避免的。像本詩這樣，在敘事中埋伏了感喟，在寫景中寄寓

出感想，就很值得學習。

「多難始相親」化用了唐人王季友的「白髮日相親」之意。王季友的原意，是年紀漸長，白髮不請自來，與人相親愛而不去。這裏深入一層，先說「撫之聞自笑」，對著青年早生的華髮，不禁有一些說不清、道不明的自憐自傷乃至自嘲，而更清醒地明白：當人生多厄難之際，可能永遠與自己相親的，就只有不請自來的白髮了。

尾聯宕開一筆寫，也就是轉換了一下意思去寫：白頭髮不用隨時去拔，因為愈是去拔它，可能長得愈多，就像成語「治絲益棼」所講的那樣，找不到絲的頭緒，只會愈整理愈亂。什麼意思呢？青年而生白髮，是因為性情較同齡人更敏感，內心比同齡人更多憂患，拔掉白頭髮，並不能解決根本的問題。這是詩人隱藏著不說出、卻要讀者自己去品味的詩外之旨。

白髮蝨生，本是一日常瑣屑之事，竟然能寫成詩，如果不借題發揮，試問又如何做到呢？

著名作家曹文軒先生常常說，以前俗小說總是講，「有話則長，無話則短」，而實際上真正能成為經典的小說，反倒是「無話則長，有話則短」的。寫詩同樣要「無話則長，有話則短」。那些就事論事的記述，那些對景色、物事的單純的描摹，那些張口即來的感慨，其實都可以短省掉，而真正需要著力去寫的，是你要借題發揮的那部分內容。

借題發揮不但把通常我們認為不可能寫成詩的內容寫成了詩，而且還昇華了詩意，讓詩的意蘊更深刻，更有超越庸常的境界。佟紹弼先生評價「世事難能白，頭顱貴此人」這兩句「終於是詩了」，並不是說以前作者寫的都不是詩，而是說這兩句的詩意昇華了，境界不一樣了。

清代詩人張錦芳的《碎硯詩》，同樣得借題發揮之妙：

已墜同遺甑，深耕愧寸田。

試當初洗日，碎及未焚前。

正有文章劫，甘辭翰墨緣。

誰能並投筆，抱璞得天全。

這是一首詠物詩。正常詠物詩的寫法，第一步是搜集資料，即從類書中找與硯臺相關的典故，第二步是盡量地體察物事，好描摹出它的形制特徵，再根據典故和它的形制發揮聯想。

但是捧碎的硯臺，本來也沒有現成的典故可用，而且破碎後的硯臺，也不像完好的硯臺那樣，有形有制可供描摹，如何能寫成詩呢？張錦芳的詩人天分和詩學功力，就在這裏體現出來了。

第一句「已墜同遺甑」用了與硯臺毫不相干的典故。說的是東漢人孟敏，有一次扛了一口甑（zèng，古代蒸飯用的瓦器）在路上走，不小心甑落地摔碎，孟敏頭也不回就走了。當時的名士郭泰正巧碰見，覺得奇怪，就問他，你的甑摔到地上了，怎麼看都不看一眼？孟敏回答說：甑已破了，再看又有什麼用呢？遂被郭泰所賞識。

張錦芳借用這個典故，是說硯臺已碎，無論是顧惜它還是為它傷感，都沒有意義。但是，他不由得想，這方硯就是我衣食的來源，我靠著它來「筆耕」，雖然沒有什麼大的成就，終究也曾努力過的，當然會對它有不捨之情。古人常把硯臺比作田，而筆就比作耕地的犁了。這是善於聯想。

頷聯就開始借題發揮了。詩人說，最早用它試筆，是剛獲致它，第一次用清水洗過的時候；而現在幸好它在暴君準備焚書之前，就已經碎掉了，免與那些優秀的著作同遭火厄。這

樣，詩就避免了感喟過去的俗套，而有了深刻的批判意義。

頸聯是說，能寫文章在今天已經成了非常危險的事，所以這方硯大概是有先見之明的，甘願玉碎，不再與筆墨結緣了。尾聯更推進一層，說要是真正通達的高人，就該連筆也丟棄掉，像玉璞一樣，不雕不琢，默默無聞，而得以全身避害。

乾隆中葉文字獄酷烈，作者處在無形無影而又無處不在的政治高壓之下，他不由自主地通過這樣婉曲的方式，來表達內心的憤懣不平。正如清代詩人趙翼所說的，「國家不幸詩家幸」，可以說，是嚴峻冷酷的乾隆時代成就了這首傑作。

幾年前，我曾根據清末詞人裴維侒（字韻珊）的姪子裴南侯的幾個鈔本，點校了裴維侒的《香草亭詩詞》，包括他的《香草亭詩草》和《香草亭詞草》。裴南侯當年用京漢鐵路局的信紙抄錄了多本《香草亭詞草》，其中一本由葉恭綽先生收藏。最近葉先生的藏本被人拿出來拍賣，我偶然見著，不由心生感慨，遂作詞一首：

畫堂春

塵飛滄海失蓬瀛。遺音悲振芳鈴。晚花天際任飄零。亂墜春星。　　三五白頭遺老，相逢莫憶昇平。一番雨洗眾山青。孤負曾經。

裴維侒的《香草亭詞草》，曾被晚清大詞人朱彊村選出六十首，與其他十位詞人的作品一道，刻入《滄海遺音集》。

《滄海遺音集》選錄的標準只有一條，就是作者都得是清朝的遺民。所謂遺民，是在改朝換代之後，不肯在新朝做官，而堅持尊奉前朝的人。站在傳統的立場來看，遺民是中國士大夫的脊梁，是歷史文化的最基本的傳承者。又如司馬遷寫《史

記》，列傳的第一篇就是《伯夷叔齊列傳》，歌頌的是伯夷、叔齊這兩位殷商的遺民，採薇首陽、不食周粟的崇高氣節。

這首詞所感的，是裴維侒及他的遺民朋友在改朝換代之後的淒涼心境。

我首先想到的是「孤負曾經」這一句，於是就確定韻腳用《詞林正韻》的第十一部，相當於平水韻的八庚九青十蒸韻合用。又因這一句的句法平仄適合用在《浪淘沙》、《畫堂春》等詞牌的尾句，經比較後選擇用《畫堂春》。

上片第一二句是由《滄海遺音集》這個書名而產生的聯想。我想到滄海會變成桑田，海水也會乾涸揚塵，什麼蓬萊、什麼瀛洲，傳說中的仙山也都會消逝，在社會鉅大變動之後，遺民的悲吟就像是掛在花上驚走鳥雀的「護花鈴」一樣，發出淒愴的音調。第三四句通過寫景來烘托：天邊高樹上的花兒，在晚春時節紛墜飄零，彷彿是無數的流星飛濺。這正像他們無可奈何的內心啊！

下片說，遺老三五人聚會時，不要去追憶往日社會穩定的時光。你看春天已逝，一番風吹雨打後，山上再也沒有春花綴枝了，只剩下單調陰鬱的青色。儻若記起曾親歷的穠豔滿目的春光，難道不會傷心嗎？辛亥革命後，社會失序，戰亂頻仍，這些忠於清室的遺老，當然覺得今不如昔。

這首詞沒有題目，如果加個題目，就該是《題裴韻珊香草亭詞草》。這個題目可以有多種思路，比如可以寫裴維侒在詞壇的地位，可以寫《香草亭詞草》的內容和風格，而我選擇的是借題發揮的寫法。

借題發揮，是構思一首詩時最重要的思路，因為這會讓詩意更高卓，或者更深沉。

唐代的七絕之膾炙人口者，不少都是用了借題發揮的寫法。

比如王昌齡的《芙蓉樓送辛漸》，前兩句還是承題寫送別：「寒雨連江夜入吳，平明送客楚山孤」，後兩句忽然借題發揮：「洛陽親友如相問，一片冰心在玉壺」，這樣品格自高。

韓翃的《寒食》前兩句寫寒食時節的景致：「春城無處不飛花，寒食東風御柳斜」，後兩句轉為譏刺宦官專權，得皇帝之寵：「日暮漢宮傳蠟燭，輕煙散入五侯家」，這樣主題就變得重大起來，詩意也蘊藉深沉得多。

劉禹錫《烏衣巷》前半「朱雀橋邊野草花，烏衣巷口夕陽斜」，只是尋常寫景，而「舊時王謝堂前燕，飛入尋常百姓家」，用形象的語言，寫出了唐代中期以後，曾經的衣冠士族逐漸退出歷史舞臺這一極深影響了中國文化走向的歷史進程，故能卓絕千古。

蘇軾說，「賦詩必此詩，定非知詩人」，只有放飛思維的翅膀，在構思時多想到詩題以外的內容，才會寫出更有詩意的詩來。

古體詩的聲律

　　中國古典文學理論的核心是「體性」。所謂的體，是指任何一種文學形式，都有其形式上的要求，即「文體」的要求；所謂的性，是每一種文體，都有這種文體獨特的藝術風貌。這就像我們認識一個人，首先是通過他的體型外貌，再然後則是他的性格脾氣。

　　古人特別重視文體，各種不同的「體」，不允許雜糅，寫哪一種文體，就得是哪一種文體的樣子，這就是所謂的「得體」。詩文寫到得體的程度，也就可以及格了。

　　而在及格線以下的人，最常犯的錯誤就是不得體。因此，要想學好詩詞，了解一下中國古典詩歌的文體常識就很有必要。

　　中國古典的詩歌，大致可分為樂府、詩、詞、曲四大類。詩不必合樂，其他三類，都是合樂的音樂文學。單拿詩來說，則有古詩與近體之分。

　　唐代產生了具有嚴謹的平仄和押韻規則的近體詩（當時還叫今體詩）之後，就將近體詩產生以前早就存在的各種詩體統稱作古詩，又叫古風、古體詩。由此我們知道，有人把詩詞稱作「古體詩詞」，這個稱呼是不能成立的。因為古體詩是區別於近體詩的概念，稱古體詩，一定是不包括近體詩的；而既然並沒有近體詞的叫法，當然也就不存在所謂的古體詞了。

　　至於有人偏要在詩詞前面加上「舊體」二字，以與新文化運動時期產生的所謂「新詩」相區別，這一稱呼就更加站不住腳。新詩是純粹受西方詩歌影響的產物，把詩詞蔑稱為「舊體」，而自己則佔上一個「新」字，其實是掩蓋了詩詞與所謂的「新詩」之間矛盾的本質。它們並不是「舊」與「新」的矛

盾，而是民族文體與外來文體的矛盾。

古體詩一般按字數，分為四言古詩、五言古詩、七言古詩和雜言詩等，因五言和七言的表現力最強，應用最廣泛，初學者需要先熟悉五言古詩和七言古詩的基本體性，第一步則是要了解五七言古詩與近體詩不一樣的聲律要求。

首先從用韻上說，古體詩的用韻比近體詩更加自由。古體詩的用韻有四種情況——

一是用本韻，即所押的韻，在韻書中屬於同一韻部。然而相對於近體詩只能押平聲韻，古體詩還可以押上聲、去聲和入聲的韻。比如李白的共五十九首的組詩《古風》中，其第二十一首押的是下平聲一先韻：

> 郢客吟白雪，遺響飛青天。
> 徒勞歌此曲，舉世誰為傳。
> 試為巴人唱，和者乃數千。
> 吞聲何足道，嘆息空淒然。

第三十一首押上聲四紙韻：

> 鄭客西入關，行行未能已。
> 白馬華山君，相逢平原裏。
> 璧遺鎬池君，明年祖龍死。
> 秦人相謂曰，吾屬可去矣。
> 一往桃花源，千春隔流水。

第三十八首就押入聲六月韻：

孤蘭生幽園，眾草共蕪沒。

雖照陽春輝，復悲高秋月。

飛霜早淅瀝，綠豔恐休歇。

若無清風吹，香氣為誰發。

　　二是可以轉韻。近體詩押韻必須一韻到底，其有首句入韻的，首句的韻腳可放寬到鄰韻。但古體詩就可以中間轉韻，韻是隨著詩的意思而轉換的，一般在轉韻的古體詩中，每一個韻，都是一段完整的意思。如李白《古風》第五十首：

宋國梧臺東，野人得燕石。

誇作天下珍，卻咍趙王璧。

趙璧無緇磷，燕石非貞真。

流俗多錯誤，豈知玉與珉。

　　由入聲十一陌韻，轉為上平聲十一真韻，前四句一韻，是敘事，後四句一韻，是議論。

　　三是有一些不在同一韻，但讀音相近的字可以通押。如李白《古風》其七：

客有鶴上仙，飛飛凌太清。

揚言碧雲裏，自道安期名。

兩兩白玉童，雙吹紫鸞笙。

去影忽不見，回風送天聲。

我欲一問之，飄然若流星。

願餐金光草，壽與天齊傾。

「清」、「名」、「笙」、「聲」、「傾」都是下平聲八庚韻，而「星」卻是九青韻，在近體詩中，除了首句入韻的情況，都是不可以通押的，而在古體詩裏，卻不拘什麼位置，都可以通押。

需要注意的是，古體詩的韻腳，不同的聲調之間，是不可以通押的。也就是說，古體詩的押韻，只能平聲字和平聲字押，上聲字和上聲字押，去聲字和去聲字押，入聲字和入聲字押。

哪些韻是可以通押的呢？王力先生根據唐人的通韻情形，把平水韻一百零六韻，參照《廣韻》的韻目補充拯、證二韻，分成十五部，凡在一部之內又聲調相同的韻，即所謂鄰韻，就可以通押。見下表：

	平聲	上聲	去聲	入聲
歌部第一	歌	哿	箇	
麻部第二	麻	馬	禡	
魚部第三	魚虞	語麌	御遇	
支部第四	支微	紙尾	寘未	
齊部第五	齊	薺	霽	
佳部第六	佳灰	蟹賄	卦泰隊	
蕭部第七	蕭肴豪	篠巧皓	嘯效號	
尤部第八	尤	有	宥	
陽部第九	陽	養	漾	藥
庚部第十	庚青	梗迥	敬徑	陌錫
蒸部第十一	蒸	拯	證	職
東部第十二	東冬江	董腫講	送宋絳	屋沃覺
真部第十三	真文元先刪寒	軫吻阮銑潸旱	震問願霰諫翰	質物月屑黠曷
侵部第十四	侵	寢	沁	緝
咸部第十五	覃咸鹽	感豏儉	勘陷豔	合洽葉

以上談的都是唐代及唐以後古體詩的用韻規則，先秦兩漢直至魏晉六朝，古體詩的押韻要複雜得多。

比如歌麻韻六朝以前多相通。又如侵韻本須獨用，而《楚辭·招魂》裏有這樣一段：「皋蘭被徑兮，斯路漸！湛湛江水兮，上有楓！目極千里兮，傷春心！魂兮歸來，哀江南！」「漸」字在平水韻下平聲十四鹽中，「楓」字在上平聲一東中，「心」字在下平聲十二侵中，「南」字在下平聲十三覃中。它們本不可以通押，但在上古音系裏，它們的讀音相近，卻可以一起押韻。

初學者不必效做這樣的押韻法，但卻要知道，這類詩並沒有犯出韻、不押韻的毛病。

四是可以連續用韻。不同於近體詩一般只能在二四六八句押韻（首句有時亦入韻），古體詩押韻的位置也更自由。有時數句連用韻，中間沒有間隔，如杜甫《今夕行》前四句：

> 今夕何夕歲云徂。更長燭明不可孤。
>
> 咸陽客舍一事無。相與博塞為歡娛。

又如韓愈的《劉生詩》，全詩三十一句，竟句句押韻。這樣的七言古詩叫作「柏梁臺體」，傳說是漢武帝率群臣登柏梁臺，每人作詩一句，末字限韻，最後組成一首詩，以此而得名。

金庸先生《倚天屠龍記》的回目，合在一起就是一首句句入韻的柏梁臺體的古詩：「天涯思君不可忘。武當山頂松柏長。寶刀百煉生玄光。字作喪亂意彷徨。皓臂似玉梅花妝。浮槎北溟海茫茫。誰送冰舸來仙鄉。窮髮十載泛歸航……」

大家在詩社活動中，可以限好一個主題，每人分好韻，各

作一句，最後由詩宗排序，成為一完整的詩篇。

　　有時是一個畸零的句子，它不與上句組成一聯，也會連著上句一起入韻。如杜甫《蘇端薛復筵簡薛華醉歌》的末一韻：

> 氣酣日落西風來。願吹野水添金杯。
>
> 如澠之酒常快意，亦知窮愁安在哉。
>
> 忽憶雨時秋井塌，古人白骨生青苔。
>
> 如何不飲令心哀。

　　「忽憶雨時秋井塌，古人白骨生青苔」是上句不入韻，下句入韻的一聯，「如何不飲令心哀」則是一句畸零句，它是對上面這一聯的評論，用了韻之後，強調了句子的獨立性，就尤其顯得沉雄有力。這樣的押韻法，古體詩中很常見，但在寫近體詩時，卻是絕對不被允許的。

　　在近體詩產生之前，古體詩的聲律純靠詩人的語言直覺，聲音的飛沉、聲母的清濁、雙聲疊韻字該如何排佈，都憑著詩人的天才。而近體詩產生之後，詩人再寫古體詩，就只需要避免律句就可以了。

　　五言（或七言後五字）律句有平平平仄仄、仄仄仄平平、仄仄平平仄、平平仄仄平四種基本格式，五七言古詩就是要避免蹈入這四種律句。為此，詩人在末三字上做文章，一般末三字多用平平平、平仄平、仄仄仄等聲調，就不太容易出現要寫古樸的古體詩，卻寫得像近體詩一樣流媚的情形來。

　　這就像寫慣了秀美的唐楷，再寫高古的漢隸，總要先避免如寫楷書一樣筆筆送到，才能得漢隸含混的元氣。

　　七言古詩又被稱為七言歌行，但實際上歌行只是七言古詩中的一體，並不能概括七古的全貌。

　　古人解釋說，放情曰歌（如《長恨歌》），體如行書曰行（如《琵琶行》），兼而有之，則曰歌行（如《燕歌行》）。

　　歌行體本是樂府詩的一種，它在唐代受了近體詩的影響，多用律句，以婉麗流美為宗，往往四句一換韻，平韻和仄韻交替使用，就像是無數的絕句串在一起。

　　如盧照鄰的《長安古意》結尾部分：

> 漢代金吾千騎來。翡翠屠蘇鸚鵡杯。
>
> 羅襦寶帶為君解，燕歌趙舞為君開。
>
> 別有豪華稱將相。轉日回天不相讓。
>
> 意氣由來排灌夫，專權判不容蕭相。
>
> 專權意氣本豪雄。青虬紫燕坐春風。
>
> 自言歌舞長千載，自謂驕奢凌五公。
>
> 節物風光不相待。桑田碧海須臾改。
>
> 昔時金階白玉堂，即今惟見青松在。
>
> 寂寂寥寥揚子居。年年歲歲一牀書。
>
> 獨有南山桂花發，飛來飛去襲人裾。

　　除「昔時金階白玉堂」一句外，每一句都是標準的七言律句。七言歌行的聲律與近體詩更相近，當然其體性也與高古淵重的七言古詩不同，要富麗宛轉了很多。

　　總之，五言古詩、七言古詩就要力避律句，而七言歌行則完全不須迴避律句。可見，只有熟練掌握近體詩的平仄黏對，才會對古體詩的聲律有深切的理解。

五言古詩的做作

在古體詩中，五言古詩和七言古詩可算作一類，而七言歌行又可算作另一類。

五七言古詩與近體詩在聲律上的要求不同，七言歌行則與近體聲律相親近；從文辭上說，五七言古詩較接近於古文，即古代的散文，而近體詩、七言歌行受駢體文的影響更大。

單以五七言古詩和近體詩相比較，它們之間最顯著的區別，是結構的不同。

結構，在書法中又稱結體，唐代楷書成熟以後，和唐以前楷書的結體是完全不同的。唐以前的楷書，字體較扁，筆畫也很疏朗，而唐以後楷書字體偏長，筆畫也較緊密。

古體詩的結構與唐代形成的近體詩也很不一樣。近體詩一般都有起承轉合，或者如七言絕句那樣，是起承墊結，（墊和轉的區別在於，單獨一句墊句，意思並不完整，要與結句聯合起來，才能表達完整的意思，而轉句單獨一句，就是一個完整的意思。）這樣，近體詩的內在結構就是環線型的，從起句開始，承轉之後，結句一定要呼應首句，形成一閉合的圓環。

如：

渡漢江

宋之問

〔起〕嶺外音書斷，

〔承〕經冬復歷春。

〔轉〕近鄉情更怯，

〔合〕不敢問來人。

送黎美周北上

張喬

［起］春雨潮頭百尺高。

［承］錦帆那惜掛江皋。

［墊］輕輕燕子能相逐，

［結］怕見西飛是伯勞。

經鄒魯祭孔子而嘆之

唐玄宗

［起］夫子何為者，栖栖一代中。

［承］地猶鄹氏邑，宅即魯王宮。

［轉］嘆鳳嗟身否（pǐ），傷麟怨道窮。

［合］今看兩楹奠，當與夢時同。

戲答元珍

歐陽修

［起］春風疑不到天涯。二月山城未見花。

［承］殘雪壓枝猶有橘，凍雷驚笋欲抽芽。

［轉］夜聞歸雁生鄉思（sī），病入新年感物華。

［合］曾是洛陽花下客，野芳雖晚不須嗟。

以上即是普通的近體詩的結構，總歸要形成閉合的圓環。

而古體詩的結構，則是折線型，它通常不會閉合，而是先說甲意，再轉說乙意，再轉說丙意，是開放的折線型。

古體詩相對於近體詩，要求體性的「高古」。如何能高古呢？一靠結構，二靠文辭。古體詩的結構和文辭，都必須比近體詩更質樸，從結構而論，折線就比圓環要質樸得多。

與學近體詩一樣，學寫古體詩，也要從擬寫做作開始。

五言古詩以漢魏時的作品為高標，所以學寫五言古詩，可以從模擬《古詩十九首》、阮籍《詠懷》、左思《詠史》等名作入手。

這是古人所走過的正路，我們今天跟著走，可以節省很多摸索的工夫。

如《古詩十九首》其七：

> 明月皎夜光，促織鳴東壁。
> 玉衡指孟冬，眾星何歷歷。
> 白露沾野草，時節忽復易。
> 秋蟬鳴樹間，玄鳥逝安適。
> 昔我同門友，高舉振六翮。
> 不念攜手好，棄我如遺跡。
> 南箕北有斗，牽牛不負軛。
> 良無磐石固，虛名復何益。

詩中的「易」字，音亦，是入聲十一陌韻裏的字，變化之意。此詩的主旨，是表達對友道不復的感慨。要學習它的寫法，就得先把握住它的主題。看懂原詩講的是甚麼，是開始擬寫的第一步。

接著就要分析原詩的結構。原詩十六句，可分三段。

第一段從「明月皎夜光」開始，直到「時節忽復易」，通過對天文、物候的描寫，來交代時間的流逝。

第二段轉而新寫一層意思，先由「秋蟬」、「玄鳥（燕子）」起興，以引出下文。詩人用「秋蟬」和「玄鳥」，分別暗指已身據要路津的故人和落魄的自己，謂故人已「高舉振六翮」，

卻不念舊好，把我像陳跡一樣拋棄掉。「翮」是羽莖，據說善飛的鳥，有六根健勁的羽莖，故曰「六翮」。至此詩意又一層轉。

最後四句，則是第三層轉。「南箕北有斗」用了《詩．小雅．大東》裏面的語典：「維南有箕，不可以簸揚。維北有斗，不可以挹酒漿。」意思是天上有箕宿與斗宿，卻只徒有虛名，並無箕、斗的用處。作者又說，天上的牽牛星也不會拉車，我們的交情，本來就不如磐石一樣穩固，虛有朋友之名，又有何用呢？這裏是用了「賦比興」中的「比」。

學詩先要讀詩，先要讀懂作為臨摹對象的「詩帖」，擬寫出來的作品，才有正確的氣息。啟功先生說，學書法臨摹的功夫就是「準確地重複以達到熟練」，學寫詩詞，也要做到準確地重複。

晉代陸機擬寫這首古詩，從主題、結構上都對原詩亦步亦趨：

> 歲暮涼風發，昊天肅明明。
> 招搖西北指，天漢東南傾。
> 朗月照閒房，蟋蟀吟戶庭。
> 翻翻歸雁集，嘒嘒寒蟬鳴。
> 疇昔同宴友，翰飛戾高冥。
> 服美改聲聽，居愉遺舊情。
> 織女無機杼，大梁不架楹。

陸機的擬作，主題思想也是講人情澆薄、友人負心。詩的結構也是分作三段，一段轉一意。

第一段從「歲暮涼風發」開始，到「蟋蟀吟戶庭」止。「昊

天」，出自《淮南子·天文訓》，指西方的天空，古人以為西方屬金，色白，與秋季相配，故昊天在此即指秋天，與《爾雅》裏以昊天指夏天不同。「招搖」，是北斗第七星搖光，借指北斗；「天漢」，就是銀河了。這六句同原詩一樣，借寫天文、物候交代時令。

第二段以「歸雁」、「寒蟬」起興，說昔時一起飲宴的朋友，已振羽（翰）而高飛，直上青雲。他現在著美服，居愉樂，早把老朋友忘得乾乾淨淨。「翰飛戾高冥」用《詩·小雅·四月》的語典「翰飛戾天」。

第三段只有兩句，同樣是用「比」的手法。「織女」是指織女星，「大梁」是二十八宿中的胃、昴、畢三星的總稱。陸機同樣是要說虛有其名而無其實之意，但與原詩不同的是，原詩用「良無磐石固，虛名復何益」這兩句，把這樣的意思直接表達了出來，陸機的擬作卻在這裏戛然而止了。

原詩的結尾直接點明了主題，你會覺得它字字鏗鏘，就像秦簡、漢簡的最後一筆，肥碩異常，也就更加地高古、更加地拙。拙是一種非常深層的、高級的美，與之相反，巧往往落於纖弱，往往顯得俗氣，是一種比較淺層的、比較低級的美。陸機的擬作，結尾變得含蓄蘊藉了，這可能是繫於他個人的審美，也可能與他所處的時代有關。

我們不妨來想一想，哪一種處理更好？我認為原詩處理得更好，更加有古拙的氣息。

宋代洪適有《擬古十三首》，也同樣擬寫了這首古詩：

明月皎夜光，瑟瑟扇商籟。
衡紀直西躔，雲章斜左界。
感彼林薄凋，歲律倏云邁。

蜻蛚誰汝憐，悽悽鳴戶外。

昔我耐久朋，著鞭道方泰。

尉藉繒縞輕，金蘭舊盟改。

東井不及泉，須女無儔配。

君看貢公綦，白頭愧傾蓋。

前六句為第一段，講天文時序。

第二段以「蜻蛚誰汝憐」起興，「蜻蛚」即蟋蟀，作者用以自況；「尉藉」即慰藉，是疊韻的聯綿詞，「繒縞」是兩種特別輕薄的絲織品，「尉藉繒縞輕」，是說這個號稱「耐久」的老朋友，對我只有繒縞那麼輕的慰藉；「金蘭」出於《易經》：「二人同心，其利斷金。同心之言，其臭如蘭。」

第三段還是以天上的星宿作比，「東井」、「須女」皆星宿名。「東井」即井宿，因在玉井之東而得名，「須女」則屬於北方玄武七宿之一。「須」為等待之意，故云：須女徒有等待嫁人之女的名號，卻始終也找不到配偶。

詩的最後兩句用的是一個著名的事典，在《莊子》和《韓詩外傳》中都有記述。大意是，孔子的學生原憲，陋居獨處，而他的同學子貢，則坐著豪華的軒車，穿著華美的衣服來看他。子貢說：「噫！先生何病？」原憲從容答道：「『無財謂之貧，學而不能行謂之病。』今憲，貧也，非病也。」子貢面有愧色。古人又有「白頭如新，傾蓋如故」的說法，意思是相交一世，卻彼此不能知心，有時在路邊停下車子，揭開車蓋隨意交談，卻可能一下子就成知交。在這裏，洪適把前一個典故給反用了，他的意思是：世人們哪，你們來看看子貢的足跡，難道還不明白相交多年的老朋友也未必靠得住的道理嗎？

明代李攀龍盡擬《古詩十九首》，總謂之《古詩後十九

首》，其第七首即擬「明月皎夜光」這一首：

> 搖光加孟冬，北風何慘慄。
> 寒至疏眾星，蟾兔亦早缺。
> 四時既潛移，遺跡獨難列。
> 不知空牀下，蟋蟀安從出。
> 宛洛多故人，厚者如膠漆。
> 及其據要路，負我道非一。
> 織女無成章，牽牛策不發。
> 且復守貧賤，振翮各有日。

全詩可分四段，每四句一段。

第一段紀天文時序。「搖光」是北斗星的第七星，搖光加孟冬，是說北斗的柄指向了北方，正是孟冬的時節了。原來，北斗七星像一把勺子，勺柄的三顆星：玉衡、開陽、搖光，像是勺子的柄，稱作斗柄，斗柄會隨四季而轉：春季指東，夏季指南，秋季指西，冬季指北。

第二段四句，用「四時既潛移，遺跡獨難列」來承上啟下，謂時序既移，而況往日的交情呢？又用「不知空牀下，蟋蟀安從出」照應前文，意思是孟冬慘慄如此，竟仍有蟋蟀鳴於牀下，實在也是借蟋蟀在寫自己不肯屈服命運的堅韌精神。

第三段四句，是直陳其事的賦筆，批判宛洛故人的負心。「宛」是南陽，「洛」是洛陽，用以指著名的都邑。

第四段是以織女星不能織成章（赤與白相間的絲織品）、牽牛星未嘗鞭（策即竹鞭）牛起興，說自己還沒有求取功名的資本，且復固守貧賤，待時而動，相信終有一日，也能振翮青雲。

此詩用意，甚是溫柔敦厚，儘管作者也感慨了人情的涼薄、人心的翻覆，但詩的結尾卻說：「且復守貧賤，振翮各有日。」這是一番反求諸己的工夫，藹然儒者氣象。

詩的結構也更加精巧講究，變原詩的三段為四段，大略相當於近體詩的起承轉合，但也少了質樸雄渾之味。

清高宗弘曆，即乾隆皇帝，亦有《擬明月皎夜光》詩。他的臨摹在主題上也有了變化：

> 惟月生於西，金行故益皎。
> 始出東山上，漸歷銀漢表。
> 映水光帶寒，麗午輪收小。
> 最能引悲思（sī），乃至閒蟲草。
> 芳蘭逝將萎，蟪蛄啼未了。
> 時節不我與，胡不篤情好。
> 翻雲覆雨流，詎識斷金道。

乾隆詩的主題是友道可貴，應當珍惜。他說秋令已至，時光易逝，朋友之間更應加倍親愛，翻手成雲、覆手為雨之輩，哪裏懂得「二人同心，其利斷金」的道理呢？因主題的側重點不同，結構上也有了細微的變化。

從「惟月生於西」到「乃至閒蟲草」是第一段，是寫天文、物候，「金行」就是秋天。

「芳蘭逝將萎」至「胡不篤情好」四句一段，「芳蘭」、「蟪蛄」是隱喻人世無常，長情難得。蟪蛄是夏末之時鳴聲不息的一種蟬，古人認為它只能活一夏天，故《莊子·逍遙遊》云：「朝菌不知晦朔，蟪蛄不知春秋，此小年也。」

第三段僅「翻雲」二句，言辭簡約，議論也甚有力。

魏晉時期的大詩人阮籍有《詠懷》詩八十二首，第一首云：

> 夜中不能寐，起坐彈鳴琴。
> 薄帷鑒明月，清風吹我襟。
> 孤鴻號外野，翔鳥鳴北林。
> 徘徊將何見，憂思獨傷心。

　　此詩結構，只有上下兩截，前四句是直陳其事的「賦」法，寫不眠之人；後四句寫徘徊不已的「孤鴻」、「翔鳥」，當有所見而傷心，也是「賦」法，但又以鳥喻人，隱藏著「比」的手法，是所謂的「賦而比」。主題在結句五字：「憂思獨傷心。」

　　阮籍的《詠懷》影響極大，南北朝時詩人鮑照即有《擬阮公夜中不能寐》詩：

> 漏分不能臥，酌酒亂繁憂。
> 惠氣憑夜清，素景緣隙流。
> 鳴鶴時一聞，千里絕無儔。
> 佇立為誰久，寂寞空自愁。

　　「漏分」即夜中，「分」是半的意思。阮籍寫起坐彈琴，鮑照就寫起坐飲酒；阮籍寫清風明月，鮑照就寫惠氣素景。「惠氣」，就是惠風，柔和的風。「景」的本意是日光，「素景」就是月光了。阮籍寫孤鴻在野外哀號，飛鳥在北林夜鳴，鮑照就寫鶴鳴千里而無儔侶；阮籍寫孤鴻徘徊，鮑照就寫獨鶴佇立。阮詩的主題是「憂思獨傷心」，鮑詩就是「寂寞空自愁」。這

種臨摹，堪稱是「準確地重複」了。

北宋賀鑄的《擬阮步兵夜中不能寐》臨摹得就不夠準確，有些像是學書法時的「意臨」：

> 夜久不成夢，張燈開故書。
> 清霜屏雲物，有月來庭除。
> 良時悵難再，不與佳人俱。
> 掩卷長太息，望子城之隅。

它的結構仍是前後兩截，前截也是直陳其事的賦法，但後截就只有「賦」，沒有「比」，就遠不如原作深婉了。

明人鄭學醇《夜中不能寐》詩，看似與原作微有不合，其實卻是非常忠實的臨寫：

> 繁憂夜彌劇，酌酒亂其端。
> 河漢不改色，露華淒以寒。
> 素琴有遺響，撫之不忍彈。
> 天運恒易簡，世態何翻番。
> 飛鴻嘹天際，感激發哀嘆（tān）。

此詩前六句為一段，用賦的手法寫中夜不寐繚亂的心緒，後四句如果我們調整一下句子的順序，變成「飛鴻嘹天際，感激發哀嘆。天運恒易簡，世態何翻番」，就可以很明顯地看出，它正是對原詩的忠實臨摹。

作者把兩句點明主題的句子「天運恒易簡，世態何翻番」前置，而把「賦而比」的兩句放在詩的最末，則是逆寫勝順寫，起到讓詩的結尾更加有餘味的效果。

1933 年春，中山大學中文系《文選》課的作業就要求擬寫阮籍的這首詩。有兩位本科生的作品，刊登在系主任古直主編的《文學雜誌》上：

擬阮公夜中不能寐

三年級　羅遠淮

明月照長夜，孤影獨徘徊。

憂懷託清商，歌成一自悲。

鳳凰思獨處，飛鳥期天開。

悲哉秋為氣，草木行且衰。

悠悠此中情，悄悄當告誰。

擬阮公夜中不能寐

四年級　李履庵

無言美清夜，攬衣起徘徊。

淒絃寒裂帛，皎月冷侵幃。

微風動素闈，愁腸日九回。

悲鴻將別翼，物我憂更哀。

想學好詩詞的朋友，仔細揣摩上列兩家的擬寫，當有所悟。如能自己再臨寫上若干首漢魏時人的名作，寫好五言古詩就不在話下了。

在絕句中，五言絕句是從五言古詩中分出來的，最短的只得四句的五言古詩，就是五絕，所以五絕以古絕為正格，完全符合近體詩聲律要求的近體絕，反而是變格。我們不需要專門學五絕，學會了寫五古，自然也就會寫五絕了。

七言古詩的筆法

蘇軾曾與其弟蘇轍論書法，有云 ：

> 吾雖不善書，曉書莫如我。
> 苟能通其意，常謂不學可。
> 貌妍容有顰，璧美何妨橢。
> 端莊雜流麗，剛健含婀娜。

蘇軾自謙他不擅長書法 —— 這話我們當然不要信，但他自信於其對書法的奧祕的認識。他說如果明白了一筆好字背後的美學原理，即使不去系統學習書法，也不要緊。這是蘇軾誇張的說法，懂得文藝的一些基本原理，當然對從事文藝創作的人大有助力，但如果沒有刻苦的、反覆的技法訓練，也不可能臻於從容自如的境界。

而他下面的四句話卻是在一切文藝都可通用，不止書法為然。他說西施雖有顰眉之病，卻無礙為天下之絕色 ；質地純美的玉璧，也不必求其外形渾圓。這是說文學藝術須觀其大處，些許瑕疵不會妨礙文藝的美。他又說端莊中要有流麗的氣息，剛健時又能有婀娜的風姿，這更是文藝創作大家的經驗之談。因端莊剛健屬陽，流麗婀娜屬陰，陰陽相生相濟，自然符合中庸之道，也就會產生中和的美。

七言古詩往往純以氣行，篇幅又較長，很難在下筆之前設計出嚴謹的篇章結構。而一般是如沈德潛《說詩晬語》中所講的那樣，「隨手波折，隨步換形」，跟著情感的自然脈絡走下去。在這一過程中，就要注意運用蘇軾的「端莊雜流麗，剛健含婀娜」的筆法了。

沈德潛又說，在結尾時，如全詩寫得紆徐委婉的，須用陡峭勁健之語；詩寫得一氣直下峭拔，結尾則宜寫得悠揚搖曳，宕開一筆而有含蓄蘊藉之致，這與蘇軾所講的道理是一致的。

比如杜甫的《高都護驄馬行》：

安西都護胡青驄。聲價歘然來向東。

此馬臨陣久無敵，與人一心成大功。

功成惠養隨所致。飄飄遠自流沙至。

雄姿未受伏櫪恩，猛氣猶思戰場利。

腕促蹄高如踣鐵。交河幾蹴曾冰裂。

五花散作雲滿身，萬里方看汗流血。

長安壯兒不敢騎。走過掣電傾城知。

青絲絡頭為君老。何由卻出橫門道。

這首詩極盡縱橫變化之能事，跌宕曲折，題為寫馬，實是借馬喻人。「高都護」指高仙芝，開元末為安西都護府副都護。詩人要感慨的是，高仙芝戰功赫赫，卻未得到朝廷的體恤。

但他不由人寫起，而是從馬寫入。開頭四句力道沉雄，寫出馬的雄俊，以及常思戰鬥的英姿，意甚激昂，是剛健之語。

次四句寫馬遠自西極流沙而來，但不求惠養，而一心只想效命沙場，「雄姿未受伏櫪恩，猛氣猶思戰場利」兩句，是承上「此馬臨陣久無敵，與人一心成大功」而深入一層，意謂老驥伏櫪，仍有千里之志。語意上就偏於婀娜了。

「腕促蹄高如踣鐵」以下四句，轉為入聲韻，詩意就顯得尤其地峭拔。他說此馬的踠骨非常短小，馬蹄十分高厚（這是良馬的特點），故能奔行如踏鐵，西域交河的積冰都會被它踩裂，馬身的毛花，猶如五花雲一般，這是一匹奔行萬里的汗血

寶馬。「長安壯兒不敢騎，走過掣電傾城知」，說長安精壯的男子都不敢騎它，因為馬兒奔跑如風馳電掣，滿城的人都會出來爭看。到這裏仍是剛健的。

「青絲絡頭為君老，何由卻出橫門道」，謂馬已年長，怎能還讓它再出橫門（唐代長安城北西起的第一門，是往西域的必由之路），到沙場去拼死呢？末尾的兩句，情感頓轉蘊藉悲涼，充滿對高仙芝的同情。這兩句就是婀娜的。

又如杜甫的《送孔巢父謝病歸遊江東兼呈李白》：

> 巢父掉頭不肯住。東將入海隨煙霧。
> 詩卷長留天地間，釣竿欲拂珊瑚樹。
> 深山大澤龍蛇遠，春寒野陰風景暮。
> 蓬萊織女回雲車，指點虛無是征路。
> 自是君身有仙骨，世人那得知其故。
> 惜君只欲苦死留，富貴何如草頭露。
> 蔡侯靜者意有餘。清夜置酒臨前除。
> 罷琴惆悵月照席，幾歲寄我空中書。
> 南尋禹穴見李白，道甫問信今何如。

這首詩贈給託病辭官的孔巢父，其時李白正在浙東一帶，杜甫寫這首詩，也請巢父轉給李白看。

詩的前八句一氣呵成，中間意脈沒一點停頓，如黃河東奔入海，氣勢非凡。但儘管意脈相續不斷，卻不是沒有變化。「巢父掉頭不肯住」是直陳其事的賦筆，是端莊語；「東將入海隨煙霧」就是流麗的筆致了。「詩卷長留天地間」是何等重大的筆法，剛猛無倫，馬上又轉到「釣竿欲拂珊瑚樹」，輕身飛舉，婀娜動人。

「深山大澤龍蛇遠，春寒野陰風景暮」是重拙的描寫，「蓬萊織女回雲車，指點虛無是征路」則清空有致，像是書法創作中的一頓一提，筆畫自然跌宕多姿。

「自是君身有仙骨，世人那（nuó）得知其故。惜君只欲苦死留，富貴何如草頭露」，意思是巢父你本是仙骨珊珊的天生隱士，世人無法理解你，也屬正常，又何必苦留不去，要知人世間的富貴就像草頭的露珠一樣，日出後旋即乾掉，無須戀棧。

這四句是用來寬解巢父失官，從情感的脈絡來說，前八句本是一條洶湧澎湃的大河，到這裏水面忽變開闊，水流也開始舒緩起來。

「蔡侯靜者意有餘」四句，轉寫他們的另一位不熱衷富貴的朋友（靜者）蔡侯，意存纏綿，在清風朗月之夜，在庭院中置酒為別。鼓琴已畢，明月灑滿了地席，心裏充盈著惆悵，不由得想：君去後幾時得有書信來？「除」，是臺階的意思，「臨前除」，就是在庭院中。這幾句更是悠揚搖曳。

最後，又用「南尋禹穴見李白，道甫問信今何如」兩句重拙的話振起全篇。

在唐代以七古為後世推崇的還有韓愈。且看他的《鄭群贈簟》：

> 蘄州簟竹天下知。鄭君所寶尤瑰奇。
> 攜來當畫不得臥，一府傳看黃琉璃。
> 體堅色淨又藏節，盡眼凝滑無瑕疵。
> 法曹貧賤眾所易，腰腹空大何能為。
> 自從五月困暑濕，如坐深甑遭蒸炊。
> 手磨袖拂心語口，慢膚多汗真相宜。

日暮歸來獨惆悵，有賣直欲傾家資。

誰謂故人知我意，捲送八尺含風漪。

呼奴掃地鋪未了，光彩照耀驚童兒。

青蠅側翅蚤虱避，肅肅疑有清飆吹。

倒身甘寢百疾愈，卻願天日恒炎曦。

明珠青玉不足報，贈子相好無時衰。

　　這首詩的內容只是說，天特別熱，作者無錢買好席子，友人鄭群就送了一張給他。這本來是極平淡無奇之事，作者卻能寫得詩意盎然。

　　詩一開始，就以誇飾之筆先聲奪人。韓愈不從天熱開始寫起，也不從對方的情意開始寫起，而是從蘄州出產好竹席，鄭群自用的席子尤好寫起。說鄭群攜來好席，本想中午睡個好覺，但卻欲眠不得，一府之人都要傳看他的席子，那席子像黃琉璃一樣瑩滑可愛。席子質地堅韌，顏色勻淨，竹節就像不存在一樣，一眼望去找不到瑕疵。這是剛健雄奇的筆法。

　　「法曹貧賤眾所易」以下八句，說自己做的是法曹的小官，囊無餘錢，為大家所輕視。這些天熱得如在蒸籠裏，恨不得傾盡家資來買一幅蘄州好席。這當然是誇張的說法。全詩到這裏，是偏於剛健峭拔的。

　　而從「誰謂故人知我意」開始，至「肅肅疑有清飆吹」為止，筆法就轉向了婀娜紆徐。他說八尺長的席子一鋪開，彷彿水面吹過清涼的風，那光彩連童僕都要驚嘆不已。以至於蒼蠅、跳蚤、虱子都紛紛走避，彷彿有涼風吹過一樣。「肅肅」是形容風聲的象聲詞。

　　最後四句，再反寫一筆，說身子倒在席上便得酣睡，所有毛病一下子好了，簡直甘願每天都是暑熱的天氣了。鄭群兄你

對我的情誼如此之深，我送你明珠、青玉都稱不上報答，惟有贈你長久不衰的友誼吧！到這裏，又是平淡中見奇崛，再回到剛健峭拔的一路來。

清代大詩人李黼平，字繡子，學杜、韓而有得，他的《夜渡洞庭》：

> 城陵山前霜月高。江潮欲上雞初號。
> 舟人夜語起搬柁，但覺枕底生風濤。
> 黏天洞庭乘水入。余亦起從帆下立。
> 三江杳杳宿鷺迷，五渚蒼蒼老蛟泣。
> 巴丘邸閣波浪間。到眼突兀橫編山。
> 蘆中漁火尚未滅，空際梵音殊自閒。
> 繞湖週遭幾百里。濕煙一堆層疊起。
> 倒影俯臨明鏡看，卻是君山青插水。
> 二山宛在湖中央。南北苕亭勢可望（wāng）。
> 不知蓬瀛定誰到，對此輒欲褰余裳。
> 斯須斗轉星亦沉。群真出入地道深。
> 龍女遙歸碧海岸，湘君正依斑竹林。
> 湘山虛肅徘徊久。小別京華亦回首。
> 洛陽少年濟時才。上書那（nài）遣長沙來。

全詩主旨在末四句。作者坐船穿過洞庭湖，由眼前迷濛的煙景，生出遷客騷人之悲。他想到的是西漢賈誼，因才高為人所嫉，被貶長沙王傅，亦隱有自傷身世之意。「上書那遣長沙來」的「那」，通「奈」，怎奈之意。

一般七古都是先高唱而起，本詩也不例外。「城陵山前霜月高」四句，寫得非常剛健，非常重大。

「黏天洞庭乘水入」，是乘水而入高浪黏天的洞庭湖中，倒裝句法；「余亦起從帆下立」這句，就是完全的散文句法，用在近體詩中會很突兀，但放在古風裏，就顯得更加質樸、更加剛健。「三江杳杳宿鷲迷，五渚蒼蒼老蛟泣」，雖用對仗，但卻是不符合近體聲律的古風句法，讀來就有傲兀強奇之美。詩寫到這裏，仍以剛健沉雄為主。

「巴丘邸閣波浪間」二句，承上啟下。以下十句寫景，就像是畫山水畫，用淡墨渲染，寫出洞庭君山湖山相映的美景。作者看到湖中的大小君山，忍不住將之比作傳說中的仙山蓬萊、瀛洲，想要提起衣服的下擺，涉水往登。這是端莊的筆法。

「斯須斗轉星亦沉」四句是想像之辭，他想像洞庭湖上彷彿有仙真出入，牧羊的龍女、淚濺斑竹枝的湘妃，都趁著天明歸去了。寫得影影綽綽，就是流麗的筆法。

結尾四句點明題旨，則筆法又轉為重拙。

明代詩論家胡應麟說：「七言長歌，非博大雄深、橫逸浩瀚之才，鮮克辦此。」強調寫好七古需要有博大雄深的學養、橫逸浩瀚的才力。

的確，學養才力不夠，寫七古很難寫得好，但如在寫作時多注意筆法的剛柔重輕，是會更易入門的。

詞別是一家

　　詞，本名曲子、曲子詞，是隋唐時形成的一種音樂文體。當時西域的胡樂大量傳入中國，與本土的音樂交融後，在宴會場合使用，謂之「燕樂」，「燕」是「宴」的通假字。詞最早便是配合著燕樂的曲子，在宴會上演唱的歌詞。

　　因為詞最早都是演唱的，所以它就不像大多數的詩一樣，每一句字數都一樣，而表現為長短參差不一的形式，故又稱「長短句」。詞的曲調叫作詞牌，想係宴會時點歌，以詞調名寫在木牌上，供人揀選，故名。

　　詞是中國文體的花園中一朵最為嬌艷的奇葩。在所有的文學體裁中，沒有比詞更美的了。它有著和諧的聲律、參差的句法、綺麗的文辭，而多表現個人幽微的情感，故而較諸詩文，更易得到青年人的喜愛。在所有的文學體裁裏，沒有哪種文體比詞更適宜表達愛情。青年人學習詩詞，詞比詩往往更容易寫得好，便是這個緣故。

　　有一種觀點認為，先學詞，詞寫好了卻未必能寫好詩，但反過來先學詩，詩寫好了再學詞，詞一定寫得不錯。這種觀點是錯誤的。

　　詞與詩是兩種不同的文體，它們有不同的審美標準，有不同的學習門徑，能寫好詩的，未必能寫好詞，反之也一樣。而能詩詞兼擅的，一定是他對詩詞兩體都下足了功夫，都經過對典範作品的認真摹習。有些人以詩見長，詞則稍遜，乃是因為他學詩比學詞用力更深；有些人詞勝於詩，也不是因為他先學了詞，再去學寫詩，而是因為他的性子更喜歡詞，於學詩功夫下得不足。

　　所以，初學者學詩詞，完全可以根據自己的性情和情感需要，選擇是先從學詩開始還是先從學詞開始。

歷史上有一群人，不大瞧得起詞，認為只是文人在宴會上的即興遊戲，又或者只是言情的小道，不能像詩一樣言志載道，所以把詞叫作「詩餘」，意思是詩衍而為詞，詞已經是詩的末流了。其實詞的長處正在於其善言情。

王國維云：「詞之為體，要眇宜修。能言詩之所不能言，而不能盡言詩之所能言。詩之境闊，詞之言長。」（《人間詞話》卷下）詞這種文體，有著與詩完全不一樣的體性要求，又何必定要持著詩的標準來衡量詞呢？

王國維所說的「要眇宜修」，出自《楚辭·九歌·湘君》一篇，「要眇」是一個聯綿詞，形容外形映麗，「宜修」則是宜於修飾之意。「詞之為體，要眇宜修」，即是說詞的外形要比詩更美，文辭也要比詩更多修飾。

正因為詞更重視文辭之美，所以不是所有的可以入詩的內容，都能寫入詞中。詩可以言志，可以抒情，可以敘事，而詞只適合抒情。

詩的詞彙多數也不能用到詞裏去，比如杜甫的詩句「夜闌更秉燭，相對如夢寐」，在晏幾道的詞裏就得是「今宵剩把銀釭照，猶恐相逢是夢中」。如直接移杜詩入詞，就顯得太重了。

儘管詞的境界較詩為窄，但詞表達的情感，卻可以比詩更加綿長。

有一個叫《鷓鴣天》的詞牌，與七律的形式很相像，平仄要求也差不多，但我們看同是詠上元節宮中行樂的內容，宋代無名氏的《鷓鴣天·上元詞》就與王圭《上元》七律的風格大相徑庭：

鷓鴣天·上元詞

紫禁煙光一萬重。五門金碧射晴空。梨園羯鼓三千面，陸海鰲山十二峰。　　香霧重，月華濃。露

臺仙仗彩雲中。朱欄畫棟金泥幕，捲盡紅蓮十里風。

上元

昔年今日從（zōng，隨行之意）宸遊，彩仗紛紛已御樓。

半夜眾星來紫極，一春萬火縱丹丘。

玉欄曾侍看山久，翠斝仍酣賜醴優。

錦帳宵寒薰易歇，夢魂直欲到天頭。

何以如此呢？原因便在於詞中更注重選取美麗的詞彙：香霧、月華、露臺、仙杖、彩雲、朱欄、畫棟、金泥幕、紅蓮。所有這些偏於陰柔的美麗的字眼，密集地聚合在一起，就構成了詞的要眇宜修的體性。

而在王圭的七律中，紫極、丹丘是偏於陽剛的，彩仗、玉欄、翠斝、錦帳又比較中性，不怎麼具有詞的味道。

總體來說，詞的氣質是偏於陰柔的，不像詩那樣清健。北宋詞人歐陽修的《生查子》：

> 去年元夜時，花市燈如畫。月上柳梢頭，人約黃昏後。　　今年元夜時，月與燈依舊。不見去年人，淚濕春衫袖。

情感結構全學唐代詩人崔護的《題都城南莊》：

> 去年今日此門中。人面桃花相映紅。
> 人面不知何處去，桃花依舊笑春風。

但歐詞既有月上柳梢頭的清幽，又有人約黃昏後的淡雅，

更有淚濕春衫袖的哀豔、婉約纏綿，與崔詩在惆悵中的落拓自雄，遂成兩種風格。詞之有異於詩，於茲可見。

詞學大師夏承燾先生說過，「凡一體文學，必有一體的長處，非他體所能替代，其體始尊」（《作詞法》）。他很認同前人論作詞的著名觀點，即作出來的詞「上不可似詩，下不可似曲」，如此方是當行本色。

如北宋詞人晏殊，有一詩一詞，都用了「無可奈何花落去，似曾相識燕歸來」這一聯，但詩與詞的體性就明顯不同 ：

假中示判官張寺丞王校勘

元巳清明假未開。小園幽徑獨徘徊。

春寒不定斑斑雨，宿醉難禁灩灩杯。

無可奈何花落去，似曾相識燕歸來。

遊梁賦客多風味，莫惜青錢萬選才。

浣溪沙

一曲新詞酒一杯。去年天氣舊亭臺。夕陽西下幾時回。　　無可奈何花落去，似曾相識燕歸來。小園香徑獨徘徊。

而詞牌、曲牌同叫《醉太平》，下面兩首的體性也截然分別 ：

醉太平

劉過

情高意真。眉長鬢青。小樓明月調箏。寫春風數聲。　　思君憶君。魂牽夢縈。翠綃香暖雲屏。更那（nuó）堪酒醒。

醉太平

張可久

黃庭小楷。白苧新裁。一篇閒賦寫秋懷。上越王古臺。　半天虹雨殘雲載。幾家漁網斜陽曬。孤村酒市野花開。長吟去來。

文學理論家可以就詩、詞、曲的風格分野展開更加深入的論述，但學習詞體創作的人，卻完全不必理會這類理論。我們只需要知道，所謂的當行本色，其實就是我們常講的合格，合乎最經典的作家的創作所共同形成的那一類的風格。

詞的最初的「格」，是由花間詞人所確定的。

花間詞人指晚唐兩位詞人溫庭筠、韋莊和五代時蜀地的十六位詞人，他們的詞作被趙崇祚編為《花間集》，共五百首。這部書就是北宋詞人摹習的範本，也成為詞的最早的經典範本。

歐陽炯為《花間集》作了序，裏面說到這些詞是在什麼樣的場合產生的：

> 則有綺筵公子，繡幌佳人，遞葉葉之花箋，文抽麗錦；舉纖纖之玉指，拍按香檀。不無清絕之辭，用助嬌嬈之態。

《花間集》中全是小令，小令的令，可能最初就是酒令的意思。正因《花間集》中的作品是在花間尊前綺筵繡幌的宴會場所，由文人才子現場作來，交給歌女演唱的，所以在風格上就以「鏤玉雕瓊，擬化工而迴巧；裁花剪葉，奪春豔以爭鮮」為極則。簡單說，就是要選用美麗的詞彙，表現綺豔的情懷。

宋初小令，多受《花間集》影響，即使到了清末，以王鵬運為代表的晚清詞人，提倡填詞要有「重、大、拙」三字訣，但在遣詞用字上，仍要學習《花間集》。打個比方，《花間集》就像是王羲之的書法，學書法的人，一般都繞不開去臨摹它。

《花間集》裏最重要的兩位詞人就是溫庭筠和韋莊。清末的詞學家周濟在《介存齋論詞雜著》裏把溫、韋與南唐後主李煜相提並論，說：

> 毛嬙、西施，天下美婦人也。濃妝佳，淡妝亦佳，粗服亂頭，不掩國色。飛卿，濃妝也。端己，淡妝也。後主則粗服亂頭矣。

周濟的意思是，詞是一種美麗的文體，這種文體就像是毛嬙、西施這樣有名的美女一樣，宜於濃妝，宜於淡妝，甚至粗服亂頭也仍然讓人覺得那麼美。溫庭筠（字飛卿）的詞是濃妝豔抹的美，韋莊（字端己）的詞是淡掃蛾眉的美，而李煜的詞就是毫無妝飾的素顏之美了。

後主詞不講技法，純以氣行，那是他的天才和他所經受的亡國之慟所共同成就的不朽經典，後世無人可學；而溫、韋的詞則開後世作詞無窮法門。在《花間集》以外，還有一位五代詞人，就是南唐的馮延巳，他的《陽春集》也對後來的詞家有非常深遠的影響，故唐五代詞人中，溫庭筠、韋莊、馮延巳這三家的詞，最宜細讀成誦。

從北宋的柳永開始，詞人漸漸多寫音樂節奏較舒緩、文字篇幅更長的慢詞。而宋代有兩位詞人，在慢詞的製作上最為傑出，他們是北宋的周邦彥和南宋的吳文英。宋末尹煥說過：「求詞於吾宋者，前有清真（邦彥號），後有夢窗（文英號），此

非煥之言，四海之公言也。」

清末周濟編《宋四家詞選》，把周邦彥、吳文英、辛棄疾、王沂孫列為宋代最有代表性的四家，而將很多的其他詞人的作品，分別編到這四家下面，如蘇軾就編在了辛棄疾的下面。周濟提出了學詞的路徑，叫作「問途碧山，歷夢窗、稼軒，以還清真之渾化」，即從摹習王沂孫（及其他編在王沂孫下面的詞人，下同）的詞作開始，再去摹寫吳文英、辛棄疾的詞，最後則再去摹寫周邦彥的詞，以達到渾化的境界。至於什麼是渾化，只可意會不可言傳，需要我們在填詞的實踐中自己去體會。

晚清大詞人朱祖謀編有《宋詞三百首》，是一百多年來最為風行的宋詞選本。但這個選本和《唐詩三百首》有本質的不同。《唐詩三百首》編選的目的是「俾童而習之，白首而莫能廢」，意在選出唐詩中最膾炙人口的作品；而朱祖謀所編的《宋詞三百首》，是為學詞的人提供摹習的範本。朱氏選詞，獨重渾成之旨，選得最多的也是周邦彥、吳文英的詞作。

與朱祖謀同時的大詞人陳洵（號海綃），在他的《海綃說詞》中，更明確「以周、吳為師，餘子為友。使周、吳有定尊，然後餘子可取益」的主張。

後馮平先生編《宋詞緒》，將周濟與陳洵的理論合一，分「師周、吳」、「問途碧山」、「餘子為友」三部分，以供學詞者循塗軌以入門。此書只在數十年前於香港出版過，印量又少，故大家很難見到。

他們之所以這樣推崇周邦彥、吳文英，根本原因是他們認為周、吳是詞的正格，而蘇軾、辛棄疾的很多作品就是詞的變調了。

我們今天的所有人，都知道詞分豪放、婉約的說法。這個說法來自明代張綖的《詩餘圖譜》。張綖說：「詞體大略有二：

一體婉約，一體豪放。婉約者欲其辭情蘊藉，豪放者欲其氣象恢弘。蓋亦存乎其人，如秦少游（秦觀）之作多是婉約，蘇子瞻（蘇軾）之作多是豪放。大抵詞體以婉約為正。」

張綖承認詞體以婉約為正格，這是尊重歷史事實的說法。但說蘇軾的詞多是豪放，恐怕不對。蘇軾的大多數詞，並不是豪放的。豪放，是樂觀積極，是滿不在乎。蘇詞中真正的豪放之作並沒有幾首，像《念奴嬌·赤壁懷古》「故國神遊，多情應笑，我早生華髮。人生如夢，一尊還酹江月」，就決不豪放。

而南宋詞人張孝祥的《念奴嬌·過洞庭》，就是真豪放了：

> 洞庭青草，近中秋，更無一點風色。玉界瓊田三萬頃，著我扁舟一葉。素月分輝，明河共影，表裏俱澄澈。悠然心會，妙處難與君說。　應念嶺表經年，孤光自照，肝膽皆冰雪。短髮蕭疏襟袖冷，穩泛滄溟空闊。盡吸西江，細斟北斗，萬象為賓客。扣舷獨嘯，不知今夕何夕。

張綖又說：「婉約者欲其辭情醞藉，豪放者欲其氣象恢弘」，氣象恢弘，倒是說出了蘇軾以詩為詞的部分特徵。

有一個著名的故事，說蘇軾把自己所作的小詞給晁補之、張耒看，問：「我寫的詞與秦觀的比，怎麼樣？」二人皆對曰：「少游詩似小詞，先生小詞似詩。」本質上，蘇軾是用詩的筆法、詩的詞彙來寫詞，所以他的一部分詞才表現出氣象恢弘的特徵來。

如蘇軾的《江神子·密州出獵》：

> 老夫聊發少年狂。左牽黃。右擎蒼。錦帽貂裘，

千騎捲平岡。為報傾城隨太守，親射虎，看孫郎。

酒酣胸膽尚開張。鬢微霜。又何妨。持節雲中，
何日遣馮唐。會挽雕弓如滿月，西北望，射天狼。

雖然也是長短句的形式，但用詞遣字，都是詩的風格。

而秦觀的著名的《春日五首》（其二），就不像是詩而像是
詞，原因就在於他的詞藻是要眇宜修的：

一夕輕雷落萬絲。霽光浮瓦碧差差。

有情芍藥含春淚，無力薔薇臥曉枝。

夏承燾先生認為，蘇軾是詞體的大功臣，但從另一面說，
蘇軾又可稱得上是詞體的罪魁禍首。說他是詞的功臣，是因為
從蘇軾開始，才以作詩的筆法作詞，拓大了詞的內容，使得詞
不再限於花間尊前之作，而令得無論何種情感皆可入詞。說他
是詞的罪魁，則在把詩詞混合為一，破壞了詞體的獨立的價值
（《作詞法》）。

對於學詞者而言，我們當然必須承認從蘇軾以降用詩筆寫
詞的這一路詞風，的確是很大的創新，我們佩服這些作品的文
學價值，但我們要知道，這些作品只是打著詞的旗號的詩，是
句法參差不齊而安上了詞牌名的詩。

有人說蘇軾的詞須關西大漢，執銅琵琶、鐵綽板，唱「大
江東去」，但《念奴嬌》這個詞牌本是紀念唐代開元年間著名
的女歌者念奴的，其音樂當然更宜於女子歌唱，蘇軾用來寫赤
壁懷古的主題，詞與音樂肯定格格不入。

南宋以後，詞尚醇雅，有兩位作家值得關注，他們融詩筆
入詞，讓詞既有詩的雄直，復有詞的婉曲。他們是姜夔和張炎。

姜夔的詩走的是黃庭堅的一路，崇尚瘦硬，即所謂的江西詩派的路子。他把江西詩派的筆法，用在了他的詞作中，就在豪放與婉約之外，形成了幽勁的風格。張炎則以清空騷雅為宗，像是淡墨的文人山水畫一般。

清代浙西詞派專學姜、張，便是因為他們既想拓大詞的領域，又不希望詞的審美被詩所同化，姜、張開創的風格，為詩詞渾融一氣開闢了一條可能的道路。

比如厲鶚的《百字令》（月夜過七里灘，光景奇絕。歌此調，幾令眾山皆響）：

秋光今夜，向桐江、為寫當年高躅。風露皆非人世有，自坐船頭吹竹。萬籟生山，一星在水，鶴夢疑重續。挐音遙去，西岩漁父初宿。　　心憶汐社沉埋，清狂不見，使我形容獨。寂寂冷螢三四點，穿破前灣茅屋。林淨藏煙，峰危限月，帆影搖空綠。隨流飄蕩，白雲還臥深谷。

幽勁盤旋，既是詩筆，又有詞味，就是詩詞體性結合得很好的例子。

清代中葉，常州人張惠言、張琦兄弟編就《詞選》二卷，遂開後來的常州詞派。張惠言在序文中說，詞是「緣情造端，興於微言」，意即詞必須是抒情的，而它的文辭又須多選用纖小的意象，不可恢弘闊大。他說詞用來「道賢人君子幽約怨悱不能自言之情，低徊要眇以喻其致」，意思是詞適合於抒發賢人君子幽微隱約的、哀怨悱惻的、不能直說的情感，在結構上要婉曲，讓人徘徊留連，要眇麗，通過這樣的形式，來傳達詞人不明白說出的情致。由此，張惠言在解釋歷史上很多名作的

時候，認為這些作品表面上寫風花雪月、美人香草，實際上寄託了詞人的政治情懷、身世之慨。

我們固然不必完全贊同張惠言對歷代名作的解讀，但從另一面說，正是因為那些像詩一樣勁直的詞缺少詞的真味，很多詞人在需要用詞來表達政治情感的時候，都是通過寄託的手法來寫，這樣就使得詞的本色不會被破壞掉。

清代後期以還，多數詞人受常州詞派的影響，他們有意識地運用了寄託的手法，在表面傷春悲秋、流連風月的文辭內，寄寓託付了他們的身世之感、時事之悲，便因寄託的手法，既拓大了詞境，又不損害詞的本色之美。

我們且來看蘇軾的兩首詞，一首是有寄託的，一首是直接感慨身世的，前者就遠比後者更像詞，也更耐讀：

卜算子（黃州定慧院寓居作）

缺月掛疏桐，漏斷人初靜。誰見幽人獨往來，縹緲孤鴻影。　　驚起卻回頭，有恨無人省，揀盡寒枝不肯棲，寂寞沙洲冷。

南歌子

苒苒中秋過，蕭蕭兩鬢華。寓身此世一塵沙。笑看潮來潮去、了生涯。　　方士三山路，漁人一葉家。早知身世兩聾牙。好伴騎鯨公子、賦雄誇。

當然，無論是浙西詞派學姜、張的幽勁清空，還是常州詞派的崇尚寄託，都是學詞到了更高階段的境界。

初學者應該盡量做到，能用詩表達的內容，就用詩來表達；初學寫詞，還是專門地寫愛情、寫個人的無關家國兼濟的

感情吧，這樣寫出來的詞，才有詞味。等到詩、詞都能運用自如了，再來用詞表達更廣闊的世界不遲。

詩詞要想寫好，都得先經大量的閱讀，然後則是找準範本，著力臨摹。一般詩詞愛好者讀詞往往比讀詩少得多，所以尤其需要補上閱讀這一課。

詞的最繁盛的時期有兩段，一是唐五代兩宋時期，一是清代，這兩段時期的經典作品，都要用心細讀。俞陛雲《唐五代兩宋詞選釋》、朱祖謀《宋詞三百首》、龍榆生《近三百年名家詞選》都是非常優秀的且較易獲致的選本。

本來，龍榆生 1934 年開明書店版的《唐宋名家詞選》是一部崇尚本色的優秀選本，但今天市面上流行的卻是 1956 年的修訂版本，這個版本是為了普及宋詞而編選，因此就包容了更多的變體變調，對於有志創作的人反而不適用。

清詞的另一個優秀選本是沈軼劉、富壽蓀二先生合編的《清詞菁華》，業師泏齋先生評論說：

> 當代人所撰有關詞的選評本，余意以沈軼劉、富壽蓀合選之《清詞菁華》最為傑出。沈、富二先生皆精古文、擅詩詞，獨具隻眼，所選首首可誦，評點鞭辟入裏，甚多新見，遠超時下諸多選本。

此書 1986 年在安徽文藝出版社出版，僅印 3,800 冊，此後再未重印。

甚望有識見的出版家，能將 1934 年開明版《唐宋名家詞選》與《清詞菁華》及馮平《宋詞緒》一並印行，供學詞的人朝夕諷誦。

奉譜填詞

我們在創作一首詩時，可以說寫詩、吟詩、作詩，但說到要創作一首詞，一般會說填詞。之所以用「填」而不用別的詞，乃因在唐宋時的曲子詞，絕大多數都是先有曲子，再由文人根據曲調的旋律，填入詞句。

文人初介入到新興文體的詞的創作中時，所寫的還只是小令。他們自然而然地用寫近體詩的習慣去寫小令，所以很多的小令，其平仄與五七言近體有著難以分割的親緣關係。像五代時的詞人薛昭蘊的《浣溪沙》：

> 傾國傾城恨有餘。幾多紅淚泣姑蘇。倚風凝睇雪肌膚。　　吳主山河空落日，越王宮殿半平蕪。藕花菱蔓滿重湖。

平仄的排佈是：㊒仄平平仄仄平。㊉平㊒仄仄平平。㊉平㊒仄仄平平。㊒仄平平平仄仄，㊉平㊒仄仄平平。㊉平㊒仄仄平平。每一句都是律句。

又如溫庭筠《菩薩蠻》亦全為律句：

> 小山重疊金明滅。鬢雲欲度香腮雪。懶起畫蛾眉。弄妝梳洗遲。　　照花前後鏡。花面交相映。新帖繡羅襦。雙雙金鷓鴣。

平仄排佈是：㊉平㊒仄平平仄。㊉平㊒仄平平仄。仄仄仄平平。㊉平㊒仄平。㊉平平仄仄。㊒仄平平仄。㊒仄仄平平。㊉平㊒仄平。其中㊉平㊒仄平這個句式，也像五言律句一樣，

不能犯孤平，即不允許出現仄平仄仄平的句法。

用作詩的聲律去寫詞，其與音樂未必能盡合，此後一部分知音曉聲的詞人，為了讓曲子詞的文辭盡量配合旋律的變化，嚴謹到每一個字的聲調都要很講究。

李清照曾說，晏殊、歐陽修、蘇軾這些學問大的人物，照道理填一首小詞，就像從大海中舀出一瓢水一樣，是很容易的事，然而並不。她說這些人寫的都是「句讀不葺」的詩，又往往不能唱，原因就是他們只知平仄，而不知填詞除了要注意平仄，還要注意更多的聲音的細節。

她說詞分五音，又分五聲，又分六律，又分清濁輕重。她自己的名作《聲聲慢》，開頭十四字「尋尋覓覓，冷冷清清，淒淒慘慘戚戚」，每個字的聲母都在唇齒間發音，夏承燾先生認為這充分表現出女主人公抑鬱囁嚅的心境，恐怕是李清照有意為之。

北宋的柳永、周邦彥，南宋的姜夔、吳文英、張炎，都是深通樂理的詞人，他們的詞在每個字的聲調上，可能也比不明樂理的詞人要講究得多。

姜夔製平韻《滿江紅》詞，在小序中說：「《滿江紅》舊調用仄韻，多不協律。如末句云『無心撲』三字，歌者將『心』字融入去聲，方諧音律。」

張炎的父親張樞，每作一詞，必令歌者按之，稍有不協，隨即改正。他曾賦《瑞鶴仙》一詞，有「粉蝶兒、撲定花心不去」之句，「撲」字稍不協樂譜，遂改為「守」字，乃協。「撲」是入聲，「守」是上聲，同為仄聲，乃相異如斯。又作《惜花春起早》云「鎖窗深」，「深」字音不協，改為「幽」字，又不協，改為「明」字，歌之始協。此三字皆平聲，而「深」、「幽」都是陰平，「明」是陽平，其不同如此。

但這樣的詞人應該只佔少數，否則李清照就不會說「詞別是一家，知之者少」了。

唐宋時的詞樂，大多亡佚了。今存最為可靠的，一是敦煌發現的唐代的琵琶譜，共有二十五個詞調；二是南宋時的姜夔，他曾自己作曲寫了十七首詞，在這些詞的旁邊，也標記了樂譜。

清代乾隆年間，莊親王允祿受命編撰一部中國古代音樂總集，叫作《新定九宮大成南北詞宮譜》，裏面保存了近二百支詞的樂譜。書中的詞樂，一部分來自元明以來的口耳相傳，是受了新興的音樂形式 —— 南北曲的改造後，風格變異了的詞樂，一部分很可能來自於清初尚存於世的南宋內府所修詞譜《樂府混成集》。

道光年間，謝元淮把《新定九宮大成南北詞宮譜》中的詞譜輯錄了出來，單獨成書，即《碎金詞譜》。我們今天大致能感知到唐宋詞的音樂之美，就主要是靠《碎金詞譜》這本書。《碎金詞譜》中的詞樂，是遵循了崑曲的唱法來唱的，與唐宋詞的真實唱法應該也有很大的區別。

今天有唐宋的樂譜存世，並不意味著我們還可以像唐宋時知音曉聲的詞人那樣，照著音樂來填詞。因為唐宋詞的唱法已經失傳了，今天也沒有懂得唐宋詞樂的樂工、歌伎。

而即使在古代，大多數詞人也是不通樂理的。他們在填詞時，並不是照著詞的樂譜去填入字句，而是根據一些前人的名作，亦步亦趨地依照它們的平仄去寫。這樣實際上是把填詞當作了寫詩，這樣填好的詞，也可以像詩一樣，按照「平長仄短，韻腳回環」的方式去吟誦，但卻不一定能付諸歌唱了。

這樣地填詞，填出來的不是曲子詞，而是「句讀不葺」的長短句。於是，填詞所依照的詞譜，就不再是音樂的譜子，而

是根據前人作品歸納出來的平仄之譜。

　　一派激進的觀點認為，既然詞已經沒有了古樂，我們今天為什麼還要遵循平仄呢？既然填出來的詞也不能用古樂演唱，還依著古之詞人的平仄來寫，不敢越雷池一步，豈非可笑？這樣想的人很難寫好詞。

　　清代樸學大師俞樾為《校刊詞律》作序，說「律嚴而詞之道尊矣」，古典文體之所以能成經典，就因為它們不像民間的文學一樣率意，而有著嚴謹的程式。

　　民國時清華研究院國學門主任吳宓，為了說明詩的韻律的重要，曾引用法國學者保羅‧韋拉里（Paul Valéry, 1871-1945）的觀點說：「詩中韻律之功用，正以吾人出言下筆太過輕易，遂特設此種種嚴密複雜之規矩，作為抵抗之材料。」又曰：「此等枷鎖羈勒，能常緊束詩人之天才，使不至一刻放縱怠惰，而率爾粗心吟成劣詩。」

　　作詩填詞嚴守聲律，不止是為了吟誦的悅耳，音節的動人，更是為了讓人心中常存對雅言的敬畏。為了合於聲律的要求，創作者就不得不努力去尋找日常詞彙以外的典雅的詞彙，而讓語言變得更加粹美。按照格律寫詩填詞，就像是進健身房撸鐵，只有負重訓練，才長得出肌肉，也只有嚴守聲律，才能寫出更有詩情、更有詞味的作品。

　　現存最早的詞的平仄譜，是明人張綖的《詩餘圖譜》。此書共收詞譜一百一十首，用白圈○代平，黑圈●代仄，上白下黑圈◐代應平可仄，上黑下白圈◑代應仄可平。每一句圖譜下，用小字注明是第幾句，本句字數，在韻句下則注明是如何叶韻的。

　　但本書所載的詞譜，往往不據古詞，隨意填注，特別是古人詞中的拗句，張綖多給改成律句，復又校讎不精，舛謬乖

方。明代天啟後至清康熙中，風行百年的《嘯餘譜》，同有此病，故皆不可為據。清初的《填詞圖譜》，就更等而下之了。這種填詞而無可靠的詞譜可依的情形，直到康熙二十六年萬樹的《詞律》刊行後，才被扭轉過來。

《詞律》是萬樹一人之著作，收詞牌六六〇調，一一八〇體，考訂甚精詳。至咸豐中杜文瀾作《詞律校刊記》，就更加精審。同治中又有徐本立作《詞律拾遺》。清光緒二年，時任江蘇藩台的恩錫，與杜文瀾一道，刊行了《校刊詞律》，包括上述三種著作，並增《詞律補遺》一卷。上海古籍出版社曾據此本影印。

清代王奕清等人奉康熙敕編成的《欽定詞譜》，收詞譜八百餘調，別體二千餘種，是舊時最完備的一部平仄譜，中國書店曾據康熙五十四年內府刻本影印。《欽定詞譜》的平仄符號沿用了《詩餘圖譜》的做法，而用小字的讀、句、韻來區分句式，簡明切要。其價值在一個「全」字，但不及《校刊詞律》精審。

《校刊詞律》、《欽定詞譜》卷帙浩繁，不便攜帶。清嘉慶中，有舒夢蘭者，編定了一部簡明版的詞譜——《白香詞譜》。是書選了從唐代到清代共一百首詞，因所選的作品大多通俗易解，故編成後甚為流行。直至龍榆生先生《唐宋詞格律》一書出，才完全取代了《白香詞譜》的地位。

有人稱《白香詞譜》是「詞選最善之本」、「學詞入門第一書」，其實本書作為詞選看，所選過於通俗，學之易入淺滑，又僅收例詞一百首，作者五十九人，不便學者轉益多師；作為詞譜來看，所收多是句法近於詩的熟調，不收與詩相去甚遠的澀調，學者循此以入，很難體會到詞與詩在體性上的鉅大差異，也就不太容易寫出好詞。

　　龍榆生先生的《唐宋詞格律》，原是他在大學講授唐宋詞的講義。是書分平韻格、仄韻格、平仄韻轉換格、平仄韻通叶格、平仄韻錯叶格五類，收唐宋詞牌一百五十餘調，每個詞牌下附一首或多首例詞，所收的詞牌大多在唐宋時常用，所選作品也皆是可誦之作，既是一部簡明的便於實用的詞譜，也是一部較優秀的唐宋詞選本。

　　此書間或有疏於考訂之處。如《醉翁操》本是平韻詞，因蘇軾詞有「空有朝吟夜怨」之句，龍先生誤以為「怨」字是仄聲，故歸入「平仄韻通叶格」，其實怨字可平可仄，此處是平聲。又如《曲玉管》一調，應分三段，龍先生按《欽定詞譜》只分兩段，且斷句也有錯誤。這些在《校刊詞律》裏都是不誤的。

　　三百多年來，《校刊詞律》一直被填詞家奉為圭臬。除了考訂精審，它的好處還在於其標識平仄的方式。《詞律》所收的每個詞牌的每一體，都用一首例詞表示，例詞的右邊，用小字注明句、豆、韻、叶，而只有可平可仄的字，才會在例詞的左邊，用小字注明「可平」或「可仄」，不像其他詞譜一樣，每個字的平仄都用符號標識出來。

　　這就意味著，你要用《校刊詞律》作為詞譜，就必須認真讀例詞，你必須自行腦補出每一個字的平仄。這樣你既在不知不覺中讀了很多的古人之作，又更熟悉了平仄。相當於在健身房裏，有一個教練在旁邊敦促你訓練，就算再孱弱的人，總也能長出健美的肌肉來。

詞的分片

　　《詩經》中的詩，一般都是分段的，其後漢魏樂府詩，也往往分段。樂府詩中每一段，謂之一「解」，如曹植的《箜篌引》：

> 置酒高殿上，親友從我遊。
> 中廚辦豐膳，烹羊宰肥牛。
> 秦箏何慷慨，齊瑟和且柔。（一解）
> 陽阿奏奇舞，京洛出名謳。
> 樂飲過三爵，緩帶傾庶羞。
> 主稱千金壽，賓奉萬年酬。（二解）
> 久要不可忘，薄終義所尤。
> 謙謙君子德，磬折欲何求。
> 驚風飄白日，光景馳西流。（三解）
> 盛時不可再，百年忽我遒。
> 生存華屋處，零落歸山丘。
> 先民誰不死，知命復何憂。（四解）

　　詩中的每一解，都是樂曲的一個篇章，這和《詩經》分段的原理是一樣的。

　　詞也大多分段，不像古近體詩一段到底，同樣是因為詞的音樂部分會分出篇章。章字從音從十，它的本義就是一段樂曲的完畢。

　　大多數的詞分為上下兩段，上一段叫上片，下一段叫下片。分成上下片的詞，一般叫作「雙調」，而不分段的詞，就叫作「單調」。雙調詞下片的第一韻，謂之過片，或者叫換頭。

古人常說，過片不可斷了曲意，很是重要。還有分三片以至四片的詞，叫作三疊詞和四疊詞。從第二疊起，每一疊開頭的第一個韻，也都是過片。因為詞有分片，每一片就相對獨立，在結構上就和古近體詩有很大分別，而與分作數解的樂府詩相近。

《鷓鴣天》是一個體格最近於七律，而又與七律不同的詞牌。之所以不同，便在於詞的上片、下片自有其起承墊結，上下片既獨立，又有聯繫，像是兩首七絕合在一起。如晏幾道的這一首送人之作《鷓鴣天》：

> 綠橘梢頭幾點春。（起）似留香蕊送行人。（承）明朝紫鳳朝天路，（墊）十二重城五碧雲。（結）　　歌漸咽，酒初醺。（起，但也承上片。）盡將紅淚濕湘裙。（承）贛江西畔從今日，（墊）明月清風憶使君。（結）

對比宋代趙蕃的《留別周愚卿兄弟》：

> 四海雖云皆弟昆。悵茲薄俗與誰論。（起）
> 平生泛愛老逾厭，獨覺君家久更敦。（承）
> 百里闌干山作几，數家籬落竹為村。（轉）
> 異時相憶相思處，明月清風同酒樽。（合）

可以看出分了片的詞，結構就與詩完全不同了。而單調的詞就不然，與詩的結構是一致的。如寇准的《江南春》：

> 波渺渺，柳依依。（起）孤村芳草遠，斜日杏花飛。（承）江南春盡離腸斷，（墊）蘋滿汀洲人未歸。（結）

三疊詞的結構又不同。普通的三疊詞，是每一疊寫一意，一疊比一疊意深。如柳永的《戚氏》：

晚秋天。一霎微雨灑庭軒。檻菊蕭疏，井梧零亂，惹殘煙。（起）淒然。望江關。飛雲黯淡夕陽間。（承）當時宋玉悲感，向此臨水與登山。遠道迢遞，行人淒楚，倦聽隴水潺湲。（轉）正蟬吟敗葉，蛩響衰草，相應喧喧。（合）

孤館度日如年。風露漸變，悄悄至更闌。（起）長天淨、絳河清淺，皓月嬋娟。思綿綿。（承）夜永對景那堪，屈指暗想從前。（轉）未名未祿，綺陌紅樓，往往經歲遷延。（合）

帝里風光好，當年少日，暮宴朝歡。況有狂朋怪侶，遇當歌、對酒競留連。（起）別來迅景如梭，舊遊似夢，煙水程何限。念利名、憔悴長縈絆。追往事、空慘愁顏。（承）漏箭移、稍覺輕寒。漸嗚咽、畫角數聲殘。（轉）對閑窗畔，停燈向曉，抱影無眠。（合）

詞的內在脈絡非常清晰。上片起於孤館中獨立庭軒，承接以鄉關之思，再轉為對此番來到孤館的行程的回憶，以孤館所聽到的蟬吟蛩響收束。

中片以「孤館度日如年」一句為過片，暗承上文的「一霎微雨灑庭軒」，又以「風露漸變，悄悄至更闌」呼應前文的「飛雲黯淡夕陽間」，並引出下文，在夜裏仰望銀河皓月，悲不自禁。

下片「帝里風光好，當年少日，暮宴朝歡」是過片，承接

中片的「屈指暗想從前」，並對比今昔，將濃摯的感情投入到對往事的追悔中去。「漏箭移、稍覺輕寒。漸嗚咽、畫角數聲殘」是從緬懷往事而回到現實，「對閒窗畔，停燈向曉，抱影無眠」則是追往撫今後的孤獨淒涼，是第三疊的結束，也是整首詞的結尾。

而有一種特殊的三疊詞，前兩片的結構完全一樣，謂之雙拽頭，則前兩片更多是並列的關係，第三疊再作總結。如姜夔《秋宵吟》：

> 古簾空，墜月皎。（起）坐久西窗人悄。（承）蛩吟苦，（轉）漸漏水丁丁，箭壺催曉。（合）
>
> 引涼颼、動翠葆。（起）露腳斜飛雲表。（承）因嗟念，（轉）似去國情懷，暮帆煙草。（合）
>
> 帶眼銷磨，為近日、愁多頓老。（起）衛娘何在，宋玉歸來，兩地暗縈繞。（承）搖落江楓早。嫩約無憑，幽夢又杳。（轉）但盈盈、淚灑單衣，今夕何夕恨未了。（合）

無論去掉上片，還是去掉中片，這首詞都不能說變得不完整了。就因前兩片是雙拽頭，它們之間並沒有一個承應遞進的關係。

四疊的詞只有《勝州令》和《鶯啼序》。《鶯啼序》的定格是二百四十字，乃詞中字數最多者，一般寫出來都像是一篇抒情小賦。

別看《鶯啼序》字數多，其實寫來並不難，只要掌握其結構，是每一疊自有起承轉合，而在整首詞中，第一疊是起，第二疊是承，第三疊是轉，第四疊是合，就容易完篇了。

且看由宋入元的南宋宮廷樂師汪元量的《鶯啼序‧重過金陵》：

　　　　【起】金陵故都最好，有朱樓迢遞。（起）嗟倦客、又此憑高，檻外已少佳致。（承）更落盡梨花，飛盡楊花，春也成憔悴。（轉）問青山、三國英雄，六朝奇偉。（合）

　　　　【承】麥甸葵丘，荒臺敗壘。鹿豕銜枯薺。（起）正潮打孤城，寂寞斜陽影裏。（承）聽樓頭、哀笳怨角，未把酒、愁心先醉。（轉）漸夜深，月滿秦淮，煙籠寒水。（合）

　　　　【轉】淒淒慘慘，冷冷清清，燈火渡頭市。（起）慨商女不知興廢。隔江猶唱庭花，餘音裊裊。傷心千古，淚痕如洗。（承）烏衣巷口青蕪路，認依稀、王謝舊鄰里。（轉）臨春結綺。可憐紅粉成灰，蕭索白楊風起。（合）

　　　　【合】因思疇昔，鐵索千尋，謾沉江底。揮羽扇、障西塵，便好角巾私第。（起）清談到底成何事。回首新亭，風景今如此。（承）楚囚對泣何時已。嘆人間、今古真兒戲。（轉）東風歲歲還來，吹入鍾山，幾重蒼翠。（合）

　　詞的【第一疊】是整篇的起，寫登覽所見。這一疊中，每一韻就是一個層次。

　　第一韻是起，謂金陵有朱樓迢遞，似乎仍有昔日的繁華。

　　第二韻是承，說倦客憑高，卻有著不同的感受，檻外風光已少了佳妙的情致。

第三韻轉說時節已是暮春，萬花飄盡，無限愁人。

第四韻是首疊的合，謂青山無恙，三國六朝的英雄，卻早都泯滅了。

【第二疊】是整篇的承，寫懷古，同樣是每一韻，就是一個層次。

第一韻以景物起興，寫出了元兵南下後，金陵城荒敗的景象：郊野不見人煙，向日人家聚居的村落，只是野蠻地生長著麥子與冬莧菜，高臺崩壞，營壘頹圮，鹿和野豬在城外遊蕩，尋找食物。這裏用了《吳越春秋》中伍子胥勸吳王夫差不可借糧給越國的話：「臣必見越之破吳，豸鹿遊於姑胥之臺，荊榛蔓於宮闕。」這是一個意指亡國之慘的典故。

第二韻是承，用唐代詩人劉禹錫《金陵五題》中的語典：「潮打孤城寂寞回」和「烏衣巷口夕陽斜」。

第三韻轉為刻劃內心活動。

第四韻是合，既是實寫眼前景，交代時間上由「寂寞斜陽影裏」轉到了「夜深」，也化用了杜牧的名句「煙籠寒水月籠沙，夜泊秦淮近酒家」。

【第三疊】是整篇的轉，作者由弔古轉為傷今。

「淒淒慘慘」三句是本疊的起，這是縱情高起的寫法，不經起興而起，情感就尤其地峭拔。

「慨商女」五句，化用杜牧「商女不知亡國恨，隔江猶唱後庭花」，是用商女的不知亡國，與作者的亡國之悲做對比，以承接上文。

「烏衣巷口」三句是本疊的轉，由心理活動轉到寫眼前景，說從前的朱門甲第，都長滿了雜草。亦用劉禹錫《金陵五題》的語典：「烏衣巷口夕陽斜」和「舊時王謝堂前燕」。「青蕪」，指雜草叢生。

「臨春結綺」三句是本疊的合，說豪奢的殿閣早已荒廢，殿閣中的妃嬪宮人也都白骨成灰，只有風吹白楊發出颯颯的悲鳴罷了。結綺閣與臨春閣，都是陳朝所修建的殿閣，「瑰奇珍麗，近古所未有」，劉禹錫《金陵五題》裏有「結綺臨春事最奢」。

【第四疊】是整篇的合，寫的是對歷史和現實的深沉反思。

「因思疇昔」六句是起，寫晉帥王濬平吳而功高不見賞，王導對東晉有再造之功，卻不如庾亮憑外戚而專權，借晉朝故事，暗指南宋用人不當，終致滅亡。

「鐵索千尋，謾沉江底」是說王濬伐吳時，東吳在江上險磧要害之處，設鐵索阻攔王濬的樓船，但被王濬以麻油大火炬燒斷。這是用了劉禹錫的《西塞山懷古》的語典 :「千尋鐵鎖沉江底，一片降幡出石頭。」「尋」是八尺，「謾」是徒然之意。王濬後來自恃功高，常有不平，他的親戚范通勸他 :「卿旋旆之日，角巾私第，口不言平吳之事。若有問者，輒曰 :『聖主之德，群帥之力，老夫何力之有焉！』」

庾亮與丞相王導同為輔命大臣，庾亮擁重兵出鎮於外，有南蠻校尉陶稱勸王導預做提防，怕庾亮會舉兵攻打他，王導說 :「吾與元規（庾亮字）休戚是同，悠悠之談，宜絕智者之口。則如君言，元規若來，吾便角巾還第，復何懼哉！」

當時庾亮雖居外鎮，而執朝廷之權，既據荊州一帶，擁強兵，趨炎附勢者多歸之。王導心內不平，但凡遇西風塵起，就舉起扇子自蔽，慢慢說 :「元規塵污人。」

「清談」三句是本疊的承，用桓溫和王導的典故。

桓溫北伐過淮泗，踐北境，與諸僚屬登平乘樓，眺矚中原，慨然說 :「遂使神州陸沉，百年丘墟，王夷甫諸人不得不任其責！」王夷甫是晉代著名的清談家，桓溫說正因這些朝中

大臣整日清談，才使神州赤縣被胡人佔據。

　　西晉為五胡所傾覆，衣冠南渡，在江邊造了新的亭子，每至暇日，相約一起到新亭飲宴。周顗中坐而嘆道：「風景不殊，舉目有江河之異。」大家都相視流淚，只有王導愀然變色，道：「當共戮力王室，克復神州，何至作楚囚相對泣邪！」

　　此三句借古喻今，說南宋因耽於逸樂，終至敗亡。

　　「楚囚」二句（「嘆人間」後面用頓號，不是一獨立的句子）是本疊的轉。仍用新亭對泣之典，但加一「何時已」，就說明歷史在重複發生，南宋並未汲取西晉的教訓，而以「嘆人間、今古真兒戲」的議論，寄託出質直動人的情感。

　　本疊的最末，用「東風」三句，融情於景，以作收束。在抒情之後寫景，會有含蓄不盡的餘味。

　　這三句不止是本疊的合，更是一篇之總結。汪元量用無恙的青山，對比無數次的改朝換代，用「一」和「多」作比，自然就有了無窮的藝術張力。

詞的分句

水龍吟·次韻章質夫楊花詞

蘇軾

似花還似非花，也無人惜從教墜。拋家傍路，思量卻是，無情有思（sī）。縈損柔腸，困酣嬌眼，欲開還閉。夢隨風萬里，尋郎去處，又還被、鶯呼起。

不恨此花飛盡，恨西園、落紅難綴。曉來雨過，遺蹤何在，一池萍碎。春色三分，二分塵土，一分流水。細看來不是，楊花點點，是離人淚。

蘇軾的這首和韻章楶（jié）的《水龍吟》詞，在詞史上一直非常有名。王國維的說法是章楶的原詞像和作，而蘇軾的和作像原詞，才力之不可強如此。

這首詞的末三句，大多數人標點作：「細看來、不是楊花，點點是、離人淚。」這樣標點，顯然是不懂得詞的分句要依本於其音樂，而強作解人。因有人錯作這樣的標點，遂致後人誤以為此是《水龍吟》的「又一體」，甚至照此分句法去填這首詞。萬樹在《詞律發凡》中說這樣標點的人是「昧昧者」，照此填詞「極為可笑」。

的確，我們但看宋代《水龍吟》的名作，末句無不作「五、四、四」的分句法。如蘇軾的《雁》作「念征衣未搗，佳人拂杵，有盈盈淚」；辛棄疾《登建康賞心亭》作「倩何人喚取，紅巾翠袖，搵英雄淚」；劉過《寄陸放翁》作「算平生白傅，風流未可，向香山老」；朱敦儒作「便爭回蕊佩，高馳羽駕，捲束風轉」；吳文英《惠山酌泉》作「把閒愁換與，樓前晚色，棹滄波遠」。

而末句的四言句，又大多寫作「一、二、一」的句法，「有／盈盈／淚」、「搵／英雄／淚」、「向／香山／老」、「捲／東風／轉」、「棹／滄波／遠」等句，無不如是。

這種違背了一般四言詩「二、二」節奏的句法，何以能在《水龍吟》詞中大行其道？原因就是此詞演唱時，最後一句在第一字、第三字後都有頓挫，以增加詞的感染力，這樣填詞家在填的時候，也多依本音樂的節奏。今天我們即使沒有聽過《水龍吟》的古樂演唱，也能從這種「一、二、一」的節奏中，感受到盤鬱拗怒的氣息。

蘇軾的這首楊花詞中，還有「夢隨風萬里」、「恨西園、落紅難綴」這兩句，與詩的句法不同。

詩的五言句子，只能是上二下三的句法，但「夢／隨風萬里」卻是上一下四。此處辛詞作「把／吳鈎看了」，陳亮《春恨》詞作「恨／芳菲世界」，宋人大多寫成上一下四的句法。

而「恨西園、落紅難綴」一句，是詩中絕無而詞中常見的七言句法，它是上三而下四，詩中的七言卻只能是上四而下三。

上一下四，或上三而下四，以至上三下五、上三下六的句子，都是**尖頭句**，是詞中特別常見的一種分句。

萬樹為了強調尖頭句與普通的七言句的不同，在《詞律》中發明了一個符號，叫作「豆」，即句讀（dòu）之讀的省寫，後來《欽定詞譜》仍寫作「讀」，而龍榆生先生的《唐宋詞格律》就用頓號來表示了。

朱庸齋先生在《分春館詞話》卷二中說：

> 詞中有豆，為詩中所無。豆不能獨自為句，然乃轉折至要之處，似斷還連，將意境轉變。務須矜練，

切勿輕易放過。

像張炎《八聲甘州》：

　　記玉關踏雪事清遊。寒氣脆貂裘。傍枯林古道，長河飲馬，此意悠悠。短夢依然江表，老淚灑西州。一字無題處，落葉都愁。　　載取白雲歸去，問誰留楚佩，弄影中洲。折蘆花贈遠，零落一身秋。向尋常、野橋流水，待招來、不是舊沙鷗。空懷感，有斜陽處，卻怕登樓。

「向尋常、野橋流水，待招來、不是舊沙鷗」是兩句尖頭句，「向尋常」和「待招來」都不能獨立成句，它們與下面的話若斷若續，意脈相連，兩個尖頭句連用，顯得那麼地跌宕多姿。

　　但「空懷感，有斜陽處，卻怕登樓」的「空懷感」，就是一個獨立的句子了，它與「有斜陽處」並沒有似斷還連的關係。
　　又如秦觀的《滿庭芳》：

　　山抹微雲，天黏衰草，畫角聲斷譙門。暫停征棹，聊共引離尊。多少蓬萊舊事，空回首、煙靄紛紛。斜陽外，寒鴉萬點，流水繞孤村。　　銷魂。當此際，香囊暗解，羅帶輕分。謾贏得青樓，薄倖名存。此去何時見也，襟袖上、空惹啼痕。傷情處，高城望斷，燈火已黃昏。

「空回首、煙靄紛紛」、「襟袖上、空惹啼痕」都是尖頭

句，而「斜陽外，寒鴉萬點」、「傷情處，高城望斷」就都不是尖頭句。

初學者寫詞，往往該用頓號的地方也標成逗號，這說明他對尖頭句法很是懵懂，填詞時沒有下過工夫去讀例詞。通常我們只要看一個人標點得對不對，對他的詞作水平就可以有大致的判斷了。

詞中有時候兩句相鄰的尖頭句會對仗，即謂之「尖頭對」。如柳永《臨江仙引》：

　　上國。去客。停飛蓋、促離筵。長安古道綿綿。見岸花啼露，對堤柳愁煙。　　物情人意，向此觸目，無處不淒然。醉擁征驂猶佇立，盈盈淚眼相看。況繡幃人靜，更山館春寒。今宵怎向漏永，頓成兩處孤眠。

李清照的《多麗·詠白菊》：

　　小樓寒，夜長簾幕低垂。恨瀟瀟、無情風雨，夜來揉損瓊肌。也不似、貴妃醉臉，也不似、孫壽愁眉。韓令偷香，徐娘傳粉，莫將比擬未新奇。細看取、屈平陶令，風韻正相宜。微風起，清芬醞藉，不減酴醾。　　漸秋闌、雪清玉瘦，向人無限依依。似愁凝、漢皋解佩，似淚灑、紈扇題詩。朗月清風，濃煙暗雨，天教憔悴瘦芳姿。縱愛惜、不知從此，留得幾多時。人情好，何須更憶，澤畔東籬。

需要說明的是，詞的對仗更多是繼承了駢體文的對仗形

式，而不必如律詩的對仗那樣講究——

詞中的對仗可以不避重字，如上引李清照詞上片兩用「也不似」，下片「似愁凝」、「似淚灑」兩用「似」字，又如她的名句「才下眉頭，卻上心頭」；

可以不必平仄相對，只要平仄符合《詞律》、《詞譜》的要求即可，如「幾許漁人飛短艇，盡載燈火歸村落」（柳永《滿江紅·仙呂調》）、「彩舟雲淡，星河鷺起」（王安石《桂枝香·金陵懷古》）、「情高意真，眉長鬢青」（劉過《醉太平·閨情》）；可以在對仗句前面加領字，如「看檻曲縈紅，檐牙飛翠」（姜夔《翠樓吟》）、「有翩若驚鴻體態，暮為行雨標格」（聶冠卿《多麗·李良定公席上賦》）、「那堪片片飛花弄晚，濛濛殘雨籠晴」（秦觀《八六子》）。

詞的對仗又往往帶有隨意性。兩句字數相同而成對仗者極多，但並不是像律詩一樣，一定要求對仗。如五代詞人薛昭蘊的兩首《浣溪沙》：

> 紅蓼渡頭秋正雨，印沙鷗跡自成行。整鬟飄袖野風香。　　不語含嚬深浦裏，幾回愁煞棹船郎。燕歸帆盡水茫茫。（其一）

> 江館清秋纜客船，故人相送夜開筵。麝煙蘭焰簇花鈿。　　正是斷魂迷楚雨，不堪離恨咽湘絃。月高霜白水連天。（其二）

過片二句，前一首不對仗，第二首對仗。

又像《念奴嬌》詞下片第三韻，蘇軾《中秋》作「便欲乘風，翻然歸去，何用騎鵬翼」，辛棄疾《書東流村壁》作「料

得明朝，尊前重見，鏡裏花難折」，兩個四言的句子都不對仗，而李清照《春情》作「清露晨流，新桐初引，多少遊春意」，張孝祥《泛洞庭》作「盡吸西江，細斟北斗，萬象為賓客」，都是對仗的。

需要特別指出的是，蘇軾的名作《赤壁懷古》，此三句應為「故國神遊，多情應笑，我早生華髮」，前二句是對仗的，但《唐宋詞格律》分句成「故國神遊，多情應笑我，早生華髮」，這就錯了。

詞中還有三句互相對仗的，謂之為「鼎足對」，如柳永《醉蓬萊》詞「玉宇無塵，金莖有露，碧天如水」，魏了翁同調詞「詩裏香山，酒中六一，花前康節」，楊炎正《柳梢青》「步穩金蓮，香熏紈扇，舞轉花枝」，李清照《行香子》「甚霎兒晴，霎兒雨，霎兒風」。

但也可以只用前兩句或後兩句對仗，如僧揮《柳梢青》就作「雨後寒輕，風前香軟，春在梨花」，上偶下單；蔡伸同調詞就作「滿院東風，海棠鋪繡，梨花飛雪」，上單下偶。李清照這首《行香子》的上片歇拍「縱浮槎來，浮槎去，不相逢」也是上偶下單。

至於四句相連而對仗的，如張元幹《風流子》（政和間過延平，雙溪閣落成，席上賦）：

> 飛觀插雕梁。憑虛起、縹緲五雲鄉。對山滴翠嵐，兩眉濃黛，水分雙派，滿眼波光。曲欄外、汀煙輕冉冉，莎草細茫茫。無數釣舟，最宜煙雨，有如圖畫，渾似瀟湘。　使君行樂處，秦箏弄哀怨，雲鬢分行。心醉一缸春色，滿座凝香。有天涯倦客，尊前回首，聽徹伊川，惱損柔腸。不似碧潭雙劍，猶解相將。

既可以像「山滴翠嵐，兩眉濃黛 ；水分雙派，滿眼波光」，如駢文的扇面對一樣，第一句與第三句對，第二句與第四句對 ；也可以像「無數釣舟，最宜煙雨，有如圖畫，渾似瀟湘」、「天涯倦客，尊前回首，聽徹伊川，惱損柔腸」那樣第一二句對，第三四句對。

　　這些細微之處，就不止要看詞譜，更要通過多讀同調的詞，仔細揣摩，下筆方不致有失。

　　有一本書，叫作《御選歷代詩餘》，是按詞調選詞，每一個詞調下面，都有很多的例詞。我們在選填一首詞牌之時，先把本書中所選的同調詞讀一遍，也就熟悉了這個詞牌的體格。

學詞步驟

明代《草堂詩餘》將詞分為小令、中調、長調三種，後人因襲此說，但只是大略言之。清代毛先舒說五十八字以內為小令，五十九字至九十字為中調，九十一字以上為長調，則為膠柱鼓瑟之論了。

萬樹在《詞律·發凡》中反駁說，《七娘子》有五十八字的一體，又有六十字的一體，到底是小令呢，還是中調呢？《雪獅兒》有八十九字的一體，又有九十二字的一體，它是中調呢，還是長調呢？故毛氏的說法不能成立。

其實宋代並無中調、長調之說，而有令、近、引、慢等稱謂，那是說的詞的音樂形態。

不過，為敘述之方便，我們仍要使用小令、中調、長調的說法，也姑且大略言之吧。

小令與長調的體性差異最明顯，故一般都對舉出來供討論。學詞當由學長調入手，先精熟長調，再學小令。

一派觀點認為，學詞當先學小令，等小令嫻熟後，再寫長調。持此觀點的人，振振有詞地說：你看，詞最早在《花間集》中，都是小令。北宋初年的詞人，也都只是寫小令，到了張先、柳永這些人，才開始寫長調。我們提倡詞由小令學起，正是遵循了歷史的發展規律。

誠然，唐五代至宋初詞人多作小令，而少見兼擅長調的。其原因朱庸齋先生《分春館詞話》卷二說得很清楚：

> 宋初，何以小令遠多於長調，蓋其時詞人均為詩人，而小令之句式與格律近詩，易於為之，且寫來典雅近詩故也。又何以宋初詞人多不喜為長調，因其與

詩之句式、格律相去太殊也。至民間喜作長調，則因長調樂章較長而又參差錯落，遠比小令動聽也。

唐五代及宋初詞人，都是在作詩之餘，偶一為之，他們習慣了作五七言的近體詩，也就把作近體詩的筆法，運用在小令中。而只是到了柳永以後那些專業為詞的作家那裏，詞體才真正成熟，他們作的長調慢詞，就比小令更多也更精粹。

長調的句式、格律、筆法、結構，與詩全然不同，乃真所謂「別是一家」，循此以進，才能得詞的要眇宜修之致。

認為當從小令開始學詞，其理論依據是教育的規律應該是先易後難。然而事實上小令就像是詩中的七絕，要想作得好，需要天才，反而更難，不像長調只要肯下工夫，功力到了，自有所得。

朱庸齋先生說：「小令尚可憑情致、性靈、巧慧見勝。長調則非具有功力不可。」（《分春館詞話》卷一）

以習字喻之，未經臨池習帖之功，而能寫出漂亮的字的人有沒有呢？有的，而且人數還不少。但那是所謂的「聰明人的字」，不是真正的書法。從小令入手學詞，往往可以憑藉著天賦的才華，而寫得似模似樣，但天才而不濟之以學，便絕不可恃，在內行看來，永遠遊移於牆外。

有一些學詞的人，古人作品讀得很少，假使他們從小令開始學詞，寫出來的詞作就多是平淡寡味的白話詞，寫一首與一千首，都不會有任何區別。而對於已大量背誦過詩詞名作的人來說，從小令學起，會以為詩詞一家，寫出來的小令更像詩，而難以體會詞的盤紆曲折之姿、芳馨蘊藉之致。此皆先學小令之失。

朱庸齋先生授詞，就是指導學生從模擬長調詞入手，而當

年跟從您學詞的學生，後來都在詞的創作方面很有成就。

他認為，學長調詞亦須先加選擇，像《高陽臺》這樣的詞牌，「平順整齊，流暢有餘。若不以重筆書之，必致輕淺浮滑之病。故填詞者澀調拗句，常易見勝；諧調順句（尤其平韻者），則不易工」（《分春館詞話》卷二）。

所謂的平順整齊、諧調順句，是指詞中的句子多為符合近體詩格律要求的律句。這樣的詞牌，不適合初學者去學。

其實豈但初學者，一些名詞人寫這類的詞也難見工。如清初朱彝尊的《高陽臺》：

> 橋影流虹，湖光映雪，翠簾不捲春深。一寸橫波，斷腸人在樓陰。遊絲不繫羊車住，倩何人、傳語青禽。最難禁，倚遍雕闌，夢遍羅衾。　　重來已是朝雲散，悵明珠佩冷，紫玉煙沉。前度桃花，依然開滿江潯。鍾情怕到相思路，盼長堤、草盡紅心。動愁吟，碧落黃泉，兩處誰尋。

這首詞有一個淒美的本事。作者小序說：「吳江葉元禮，少日過流虹橋，有女子在樓上，見而慕之，竟至病死。氣方絕，適元禮復過其門，女之母以女臨終之言告葉，葉入哭，女目始瞑。友人為作傳，余記以詞。」

我每次講元明清文學，講到此詞，都會告訴學生，這一首詞，決稱不上傑作。最根本的原因，是詩詞都必須是為己的學問，此詞全就葉元禮身上著筆，而詞人自己並無深切的悲慟，自然就失之於淺，而不能真正感人了。

另外，從句法說，因此詞聲律極平順，詞人如不懂得用重筆，就會意淺而語滑。朱庸齋先生指出，此詞「通篇看來，亦

欠渾成，如首兩句則輕重不稱，上句生動有致，而下句則平庸率易」，其實整首句法都很平，沒什麼出彩之處。

朱庸齋先生要求學生從多有拗句的澀調詞學起，他讓學生做作的第一個詞牌是《三姝媚》。按南宋史達祖《三姝媚》詞云：

> 煙光搖縹瓦。望晴簷多風，柳花如灑。錦瑟橫牀，想淚痕塵影，鳳絃常下。捲出犀帷，頻夢見、王孫驕馬。諱道相思，偷理綃裙，自驚腰衩。　　惆悵南樓遙夜。記翠箔張燈，枕肩歌罷。又入銅駝，遍舊家門巷，首詢聲價。可惜東風，將恨與、閒花俱謝。記取崔徽模樣，歸來暗寫。

此詞一韻一意，層層變換而脈絡分明。

上片第一韻寫煙光在淡青色的屋瓦上搖蕩。第二韻是春暮多風，柳絮紛灑。第三韻因錦瑟橫牀，而想到這張瑟上曾濺過所思之人的淚，曾照過她紅塵中的倩影，這是倒裝的句法，實際的意思是「淚痕塵影，常下鳳絃」。第三韻的冷寂，與第一、二韻的熱鬧，頓成對比。

第四韻仍是「想」的賓語，詞人想到自與佳人別後，她慵病懨懨，深居內室，懶得出帷幕之外，而時時夢見分別時的情形。「犀帷」，是用薄犀牛皮製成的帷幕，言其華貴。「王孫」，出自淮南小山《招隱士》：「王孫遊兮不歸，春草生兮萋萋。」凡詩詞中出現「王孫」、「春草」、「萋萋」等辭，皆指送別。

第五韻寫出佳人的含蓄矜持，她不想在人前露出相思的軟弱，但自家偷偷地整理輕綃製成的裙子，發現都不合身了，因腰身瘦了太多。

過片轉為追憶當日，時間是遙遠的夜，地點是南樓。

下片第二韻是二人情好相得時的細節。

第三、四韻陡地轉寫自己此番重來，到處打聽她的情況，卻得知佳人已逝的噩耗。這樣的意思不作交代地陡然轉折，前人謂之「空際轉身」，最值得學習。

最後一韻，用唐代裴敬中與妓女崔徽相愛，崔徽臨死留下肖像送給裴敬中的故事，寫自己只能把記憶中的她的形象，圖寫出來，以永遠地懷念著她。

我曾在深圳圖書館要求芸社學員和此詞原韻，以詠花為主題來練習。好幾位都是平生第一次填詞，但因從《三姝媚》這一澀調學起，原作的每一句都要細細揣摩，故能對原作亦步亦趨，一出手就不一樣。如：

三姝媚·薔薇·步韻史達祖

林宏海

紅牆妝碧瓦。盡連蔓纏綿，群英漫灑。舊巷深深，又生香鮮色，幾回花下。自在往來，誰豔美、文君司馬。秀句難尋，野客名留，莫稱裙衩。　　誰念江南夏夜。憶伴月觀星，獨斟休罷。夢裏還愁，見佳期終誤，了無名價。且放由他，更不懼、匆匆花謝。猶記黃金買笑，娟娟待寫。

他的結句，用《賈氏說林》裏的典故：漢武帝與麗娟同看花，薔薇始開，態若含笑，帝曰：此花絕勝佳人笑也。麗娟戲曰：笑可買乎？帝曰：可。麗娟遂取黃金百斤，作買笑錢奉帝，為一日之歡。薔薇名買笑，自麗娟始。

又如邵洋同學詠梨花的《三姝媚》：

香風搖碧瓦。望寂寞幽庭，霜華如灑。雨鎖重門，映簾櫳人影，玉階廊下。倦理雲鬟，頻夢見、故園驕馬。未解相思，偷點梅妝，碎沾裙衩。　　猶記瓊樓暗夜。正皓腕香凝，醉吟歌罷。又入窗檀，問佳期樽酒，此情何價。可恨春愁，偏不與、此花俱謝。惆悵東闌開遍，音書暗寫。

邵同學在參加芸社學習之前，已嘗試作過一些長調，但都不見佳，然而一經臨摹史達祖的名作，就通首渾成了。這是一首非常有詞味的詞，特別是「可恨春愁，偏不與、此花俱謝」，意思清新，情致深摯，十分難得。

又如陶娜同學的作品：

纖香浮翠瓦。縱玉潤冰清，奈何飄灑。墮粉微塵，憶雪香雲蔚，月前窗下。熠熠芳華，怎料得、都隨風馬。心付哀箏，語寄斜陽，淚沾裙衩。　　猶記高原澄夜。對萬里清輝，酒闌歌罷。遙望烏孫，是三生癡念（琵琶幽怨），赤心無價。怎奈嬌娥，卻付與（共得）、胡沙凋謝。從此青山雖在（千山留影），音書難寫。

陶娜同學已有詩學基礎，但很少填詞。此詞詠落櫻，實則借落櫻而悼念一位在烏孫古道旅行時遇難的芳齡廿四的友人，通首亦渾成。我只把她下片的「三生癡念」改作「琵琶幽怨」（傳說西漢劉細君遠嫁烏孫，遂作琵琶），「付與」改成「共得」，「青山雖在」改作「千山留影」，以讓意象與意象之間產

生更緊密的聯繫，其他一無所改。

　　從以上三位芸社學員的習作可以看出，只要學詞得法，著力摹擬澀調，是很容易入門的。

　　我的教學經驗是要麼用《三姝媚》開蒙，要麼用吳文英的《宴清都・連理海棠》開蒙，但一般都讓學生先從詠物開始。

　　這樣有兩大好處，一是逼著學生先根據要詠之物，去翻檢類書，這樣他就知道了很多的典故，也從前人詠物之作中學到了如何活用典故；二是可以借詠物而寄託自己的情感故事，這樣才會言之有物而又不失蘊藉深婉。

詞的用筆

近代以來說詞之士，多喜引用王國維的《人間詞話》。王國維此書是用西方文藝理論解賞中國古典文學的濫觴，為中國學術開闢了一條全新的道路，故而影響極大。

此書之作，是為了樹立起作者的詞學觀，好為他自己的《人間詞》張目。所謂的「人間」，並不是漢語中「人世間」的意思，而是用的這個詞在日文中的意思，即人、人類。現代作家周作人與他的兄長魯迅決裂，寫了一封絕交信，信中說「大家都是可憐的人間」，也就是「大家都是可憐的人類」。

《人間詞》即「為人生的詞」，《人間詞話》也即「為人生的詞話」。故《人間詞話》雖是在評詞，其用心則在哲學。王國維通過《人間詞》去探究人生的意義、生命的終極，又通過《人間詞話》評述古人，希望拿出一套為大家所公認的詞的美學原理，而樹立自己在詞壇的地位。

此書蹈空立論，明為文學，實為哲學，隻字未提填詞具體該如何實踐，也未講王國維作為詞人的甘苦之言，其評詞有參考價值，但用以指導創作則不行。

在歷代詞話中，惟有朱庸齋先生的《分春館詞話》（下簡稱《詞話》）才削去一切浮言，專講填詞的理論。

朱先生一輩子填詞教詞，其分春館成為近五十年文言詩文傳承的重鎮，門下弟子多人已成為當代知名的合學者、詩人、書畫家於一身的文士。《詞話》一書，是朱先生的度人金針，循著此書開示的門徑，自不難填出優美的詞作。

此書集填詞理論之大成，在歷代詞話中絕無僅有，也被當代不少詞人奉作枕中鴻祕。

《詞話》論填詞，最重要的技法是「用筆」。《詞話》卷一

有云：

> 用筆之法，前人有「一氣貫注，盤旋而下」者，
> 有「著重上下照應」者，有「無垂不縮、無往不復」
> 者，即用筆將說盡而又未盡，此手法夢窗所慣用。具
> 體而言，即在一組之中，將意道出又使不盡，而另用
> 筆轉換別一意境，常州派所謂「筆筆斷、筆筆續」，
> 乍看似不相銜接，實則其中有脈絡貫注。陳述叔先
> 生於此特標出一「留」字，金針度人，有益於詞界
> 匪淺。時人為詞，每多陳近平熟之語，亦由未悟此
> 「留」字耳。

陳述叔即陳洵，是朱庸齋先生的老師。他的詞話《海綃說
詞》中專有一條，題曰「貴留」：

> 詞筆莫妙於留，蓋能留，則不盡而有餘味。離合
> 順逆，皆可隨意指揮，而沉深渾厚，皆由此得。雖以
> 稼軒之縱橫，而不流於悍疾，則能留故也。

朱庸齋先生具體解釋說：「『留』者，指用筆，即欲盡不
盡、無垂不縮之意耳。」(《分春館詞話》卷一)

無垂不縮是書法中的概念，意為豎畫終了，要有一回筆的
動作，要保證筆鋒最後垂直於紙面，這樣筆畫才有力量，而又
含蓄內斂。

南宋詞人中劉過、劉克莊的詞多是用古文的筆法去寫，不
懂得「留」，故前人目之為叫囂，但辛詞就在縱橫的奇氣中善
於「留」，遂有了可以反覆誦讀的味道。

如他的《摸魚兒》（淳熙己亥，自湖北漕移湖南，同官王正之置酒小山亭，為賦）：

> 更能消、幾番風雨。匆匆春又歸去。惜春長恨花開早，何況落紅無數。春且住。見說道、天涯芳草迷歸路。怨春不語。算只有殷勤，畫簷蛛網，盡日惹飛絮。　　長門事，準擬佳期又誤。蛾眉曾有人妒。千金縱買相如賦，脈脈此情誰訴。君莫舞。君不見、玉環飛燕皆塵土。閒愁最苦。休去倚危樓，斜陽正在，煙柳斷腸處。

詞表面上寫傷春，但實際上寫的是政治。

辛棄疾是從北方淪陷區起義而投順南宋的，他的畢生理想，在北伐中原、恢復漢唐故地。宋孝宗繼位後，有過一段短暫的力謀恢復、勵精圖治的春光，但這春光很快便消逝了。詞的開頭二句，力破餘地，情感極其充沛而奔放，但他用「惜春長恨花開早，何況落紅無數」一句，立刻轉為蘊藉深沉。這是先提後頓的用筆法。

「春且住」二句，筆鋒又一轉，縱橫跌宕，極盡騰挪閃轉。

「怨春不語」以下四句，用筆就像是書法中收筆的那一豎，又把筆鋒收了回來。「畫簷蛛網」，喻指主和的朝臣。

過片由「長門事」直至「脈脈此情誰訴」，都是用漢武帝的皇后陳阿嬌故事。傳說她失寵後，以千金請司馬相如寫《長門賦》，冀以重獲君心。

詞人以陳阿嬌自況，「準擬佳期又誤」，是說皇帝本來是要支持恢復事業的，最終卻又變卦了。這裏沒有轉折，是「一氣貫注，盤旋直下」的筆法。

「君莫舞。君不見、玉環飛燕皆塵土」，是劈空而來的議論。君，指的是席間唱詞的歌伎。這三句的意思是，你這位在筵前歌舞的佳人，難道沒有看見，即使是楊玉環、趙飛燕那樣的傾國之色，也被人視為塵土？詞人這話似是對歌伎言，實際是在感慨自己，徒有經國之才，卻不得一用。

這樣的用筆，就像書法大家，筆畫橫逸旁出，雖不符合字的結體規範，卻天真爛漫，別有奇趣。但這種用筆法，是天才的傑構，一般人很難傚做。

「閒愁最苦」以下四句，又是無垂不縮之筆，要說的話正是欲盡而未盡。意思是：不要到高樓上徙倚，斜陽正在那煙柳銷魂蕩魄的地方呢！斜陽，是指宋孝宗。

吳文英的《宴清都・連理海棠》，更是「無垂不縮，無往不復」、「筆筆斷，筆筆續」的代表作之一：

> 繡幄鴛鴦柱。紅情密，膩雲低護秦樹。芳根兼倚，花梢鈿合，錦屏人妒。東風睡足交枝，正夢枕、瑤釵燕股。障灩蠟、滿照歡叢，嫠蟾冷落羞度。
>
> 人間萬感幽單，華清慣浴，春盎風露。連鬟並暖，同心共結，向承恩處。憑誰為歌長恨，暗殿鎖、秋燈夜語。敘舊期、不負春盟，紅朝翠暮。

這首詞要詠兩株枝和根合生在了一起的海棠。其構思過程是，先想到一個關於唐明皇、楊貴妃的著名典故：明皇詔太真妃子，時醉酒未醒，明皇笑說，哪裏是妃子醉？真海棠睡未足耳。由這個典故，再聯想到李、楊愛情，於是「春寒賜浴華清池」、「始是新承恩澤時」、「秋燈挑盡未成眠」、「七月七日長生殿，夜半無人私語時」這些句子就在吳文英的心上流過。

他用人間愛情的不可靠，與連理海棠的「敘舊期、不負春盟，紅朝翠暮」做對比。借歌頌連理海棠的年年不負春光，來批判人間的負心行為。難怪朱祖謀評價最後兩句說：「濡染大筆何淋漓。」特別指出結拍用筆的沉著。

此詞用筆，真做到了如朱庸齋先生《詞話》所說的：「將意道出又使不盡，而另用筆轉換別一意境」，「乍看似不相銜接，實則其中有脈絡貫注。」

「繡幄鴛鴦柱」直到「花梢鈿合」，都是在鋪敘連理海棠枝柯交倚、花繁葉茂的樣子。而接以「錦屏人妒」四句，立刻轉為一新的意境。花梢鈿合的鈿，本指用金玉嵌成的首飾盒，這裏活用為副詞，是指花梢像鑲嵌起來的那樣密合。

然而「錦屏人妒」之意並不道盡，又反用《太真外傳》的典故，說這是睡足的海棠，它的相交的枝條，就像楊妃酣夢的枕邊所遺落的釵股。

「錦屏人妒」的意思斷了嗎？沒有。反而更進了一層，他寫蠟油盈盈如水（灩），在燭光的照耀下，連理海棠透露出無限的歡欣，豈但「錦屏人妒」，連月中的嫦娥也要自傷孤單。

過片「人間萬感幽單」一句，把人世間真情難得，愛情稀缺而不長久，給明白點出，筆力千鈞。但此意一句便斷，不再說下去，而轉為寫李、楊相歡愛時的美好。

「向承恩處」是上一下三的尖頭句法，我們寫《宴清都》詞也須特別留意。到底承恩的歡樂如何呢？《長恨歌》詩中所寫的「春宵苦短日高起，從此君王不早朝。承歡侍宴無閒暇，春從春遊夜專夜。後宮佳麗三千人，三千寵愛在一身。金屋妝成嬌侍夜，玉樓宴罷醉和春」在詞中全然不見了，馬上就轉為明皇在賜死玉環後，雖未失去江山，卻失去權力，在深宮中對著秋燈懷念楊妃的場面，這樣的用筆，又是若斷若續的。

最後，則用「敘舊期」二句無垂不縮、無往不復的筆法，回到連理海棠本身。

一氣貫注而盤旋直下的用筆，柳永最善為之。他的名作《八聲甘州》：

> 　　對瀟瀟暮雨灑江天，一番洗清秋。漸霜風淒緊，關河冷落，殘照當樓。是處紅衰翠減，苒苒物華休。惟有長江水，無語東流。　　不忍登高臨遠，望故鄉渺邈，歸思難收。嘆年來蹤跡，何事苦淹留。想佳人、妝樓顒望，誤幾回、天際識歸舟。爭知我、倚闌干處，正恁凝愁。

上片九句四個韻，下片九句四個韻，直可以當作兩句來讀，沒有停頓，沒有轉折，但每一韻又有意思的遞進，情感的波瀾，故所謂「一氣貫注，盤旋直下」。既要能貫注，又要能盤旋，不能直來直去，那樣就沒有詞味了。

又像周邦彥的《滿庭芳‧夏日溧水無想山作》：

> 　　風老鶯雛，雨肥梅子，午陰嘉樹清圓。地卑山近，衣潤費爐煙。人靜烏鳶自樂，小橋外、新淥濺濺。憑闌久，黃蘆苦竹，疑泛九江船。　　年年如社燕，漂流瀚海，來寄修椽。且莫思身外，長近尊前。憔悴江南倦客，不堪聽、急管繁絃。歌筵畔，先安簟枕，容我醉時眠。

詞的上片，由「風老鶯雛」到「新淥濺濺（聯綿詞，念 jiān jiān）」，也是一氣貫注盤旋直下的筆法，我們讀來是十分順

暢的。

而「憑闌久」三句，作為收筆就有了收縮，此三句暗用白居易《琵琶行》之語典「住近湓江地低濕，黃蘆苦竹繞宅生」，及白詩序文中「元和十年，予左遷九江郡司馬」，周邦彥的謫居之慨，在這裏表現得十分含蓄。

下片用筆就有了轉折。過片三句，是說自己像春社時來、秋社時去的燕子一樣，從大海飄流到南方，到人家的長屋椽上壘巢。

注意「年年」二字有句中韻，即「年」字雖是一個句子中的成分，但它也入了韻，這是《滿庭芳》詞的基本格律要求。

這三句相對上片另起一筆，筆勢放了開去，「且莫思身外」二句則又把筆勢收回，照應上文的「憑闌久，黃蘆苦竹，擬泛九江船」，因為那些都是身外事呵！

「憔悴」二句，用筆又作一扭轉，意為長近尊前就能忘記身外無窮事了嗎？否！他聽到急管繁絃，想起謫宦生涯，忍不住悲從中來。

結拍「歌筵畔」三句，用筆轉為從容和雅，是無垂不縮的筆法。

周邦彥的詞多化用唐人詩句，而渾然天成，是用語典的聖境。此詞中「風老鶯雛，雨肥梅子」化用杜牧「風蒲燕雛老」（《赴京初入汴口》）及杜甫「紅綻雨肥梅」（《陪鄭廣文遊何將軍山林》），「午陰嘉樹清圓」化用劉禹錫「日午樹陰正」（《晝居池上亭獨吟》），「修椽」出自杜甫詩「大屋尚修椽」（《陳拾遺故宅》），「且莫思身外，長近尊前」化用杜甫「莫思身外無窮事，且盡生前有限杯」（《絕句漫興》）及杜牧「身外任塵土，尊前極歡娛」（《張好好詩》）。很多人作詩詞總也不雅，根本原因便在於不善於用語典。

朱庸齋先生最了不起的見解，是認為學詞從唐宋學起，難有所得，反而是從晚清民國的詞人入手，易有所樹立。《詞話》卷一有云：

> 余授詞，乃教人學清詞為主。宗法清季六家（蔣、王、朱、鄭、況、文）及粵中之陳述叔，祧於兩宋，對於唐五代詞，宜作為詩中之漢魏六朝而觀之，此乃所持途徑使然。故凡學詞者，如只學宋周、史、姜、吳、張等，學之難有所得。惟一經學清詞及清季詞，則頓能出己意。此乃時代較近，社會差距尚不甚大，故青年易於接受也（清季詞多結合時事，益易啟發學者）。

他認為當學晚清六家：蔣春霖、王鵬運、朱祖謀、鄭文焯、況周頤、文廷式，以及廣東的陳洵。學這七家詞，一因時代接近，易生情感的共鳴，特別是清末的詞大多結合了當時的時事，用寄託的手法來寫，更加容易啟發學者；二因他們本是學古有成的大家，學了他們的詞作，比直接揣摩宋之詞人，更有塗軌可尋。

這是極高明的卓識。其實豈但學詞當由近代入手？學詩如果從清末的「同光體」入手，一般也要比學唐詩的更易入門，寫得也更好。畢竟，只有能關注現實、無負時代的詩詞，才是一流的作品。

後記

　　2017 年的秋天，《中華讀書報》主編王瑋先生，通過好友王洪波學兄找到我，商議由我主筆，在該報開設專欄，專講詩詞寫作的諸種問題。此前我已有《大學詩詞寫作教程》一著出版，深荷讀者的眷愛，想來寫此專欄豈不甚易，乃率爾應允。誰知臨動筆方知其難。我寫《大學詩詞寫作教程》時，因心中已明確，此書受眾是大學中文系本科高年級的學生，我對他們的知識積累了解較深，故寫來毫不費力。而要寫給詩詞零基礎的讀者，使他們明白詩詞的體性特徵、好詩好詞的標準，以往的教學經驗全不適用，遂久久艱於落筆。

　　幸好從 2018 年 3 月起，蒙沈金浩教授推薦，我得以在深圳圖書館著名的文化品牌沙龍「南書房夜話」主講了多期以「詩詞欣賞與寫作」為主題的講座。參加學習的都是深圳市的普通市民，大都從未創作過詩詞。我在點評他們的習作時，逐漸發現哪些知識是他們最欠缺的，哪些問題是他們亟須解決的，也就知道了普通的詩詞愛好者該經由怎樣的訓練，才能寫出較好的詩詞作品。

　　我以前一直較關注詩詞寫作的理論問題，當代人寫的教詩詞作法的書，歷年來讀得不少。為準備這個專欄，我還特地購買了一套《民國詩詞學文獻珍本整理與研究》，泛覽了民國各家講授詩詞作法的著作。但是很可惜，從晚清民國直至當代，這類著作裏能讓人眼前一亮的實在少之又少，講格律大多千人一面，陳陳相因，偶涉創作的技巧，又多蜻蜓點水，難見深入。我在讀這些書的時候，總是在想：讀者真的可能靠讀這些書學會詩詞寫作嗎？作者寫這樣的書，到底有沒有把讀者放在第一位？

　　民國學者的詩詞創作學著作中，較有理論體系的，我所見只有邵祖平先生的《七絕詩論》，及夏承燾先生的《作詞法》、徐英《詩法通微》而已，後兩種亦嫌太簡。當代論著，自以何敬群先生的《益智仁室論詩隨筆》及朱庸齋先生的《分春館詞話》最稱精審。何先生的著作是用文言寫成，言簡意賅，我讀來只覺字字珠璣，但普通讀者恐難循塗直入。《分春館詞話》是填詞理論和法度的集大成者，這是歷代詞話所從未達到的成就。而朱庸齋先生最大的貢獻，是明白歸納出習詞的基本門徑，即：像學習書法藝術一樣地去學填詞，從步韻開始去臨摹名家名作。這種方法同樣適用於詩，也適用於一切藝術的學習過程。

　　本書所講授的學習方法，即依《分春館詞話》而來。詩詳而詞略，因已有《分春館詞話》珠玉在前，我也就可以偷下懶了。詞的部分只講了長調，未談小令，因小令的用筆，與絕句律詩差不多，不必再重複。本書說詩論詞，都圍繞何敬群先生的詩學思想展開。當代頗有參伍西方文藝學理論而論詩的著作，但求之愈深，去詩愈遠。大道至簡，何先生所講的「詩法不外空間、時間、感想，與借題發揮四事之互為綜錯」一語，已把詩的奧祕盡泄無遺。學者誠能在此四事上多下工夫，自不難作出佳美的詩詞。

　　本書意在示詩詞愛好者以入門之正軌，故特別強調學習詩詞的門徑與方法。但再好的方法，也只是火種，如果沒有充足的燃料，也燒不出燭天的火焰。深圳大學一位選修了我的《詩詞寫作與吟誦》課程的同學來信求教，說她在圖書館翻閱了很多關於詩詞寫作與賞析的書，覺得都沒我講得好，但聽了我的課，自己的創作水平仍是難以提高，不知何故。我答道：「老杜詩云：『讀書破萬卷，下筆如有神。』又勉勵其子宗文、宗

武：『熟精文選理，休覓彩衣輕。』你現在遇到的問題，是讀得太少背得太少的緣故。建議背誦喻守真先生《唐詩三百首詳析》、龍榆生先生《唐宋名家詞選》，必有大進。」這世上絕沒有任何幫你速成的祕笈，本書能做的，也只是讓你在學詩時少走彎路罷了。

本書在《中華讀書報》國學版連載時，專欄名叫作「怎樣學寫古詩詞」，現在成書則定名為《詩詞入門》，乃因不止詩詞創作可循此而入門，詩詞欣賞也可經由此道登堂入室。張志岳先生《與青年朋友談怎樣欣賞舊體詩詞》一文，開頭就明確道：「要學習舊體詩詞，也就必須會寫作舊體詩詞，而且還必須寫得比較好。只有這樣，自己對創作的甘苦有了一些體會，才能對古人的傑作體會得更深刻一些。」

而學術大家程千帆先生在他的名文《學詩愚得》中也指出：「要對古典詩歌進行閱讀、欣賞和批評，就必須不斷地提高自己對具體作品的感受力，而提高這種能力的主要方法之一，便是學習創作。……從事文學批評的人，不能自己沒有一點創作經驗。創作實踐愈豐富，愈知道其中的酸甜苦辣，理解他人作品也就愈加深刻。……如果說我的那些詩論還有一二可取的話，那是和我會作幾句詩分不開的。」

另一位學術大家錢仲聯先生則說：「眼下有些人號稱鑒賞詩、注釋詩、研究詩而不通音律，不能為詩，甚至不辨平仄，致使其對詩歌的理解和闡說往往是霧裏看花，隔靴搔癢，有時還會鬧出常識性的笑話來。這樣的教訓是應該記取的。因此，我作詩填詞，為駢散文，終身不輟。」（《錢仲聯學述》）

我學詩垂三十年，教人作詩復又十餘年，深知上引諸家之論，誠是磐石不移。每當看到不知詩不懂詩的明星學者，頻頻推出他們的災梨禍棗的著作，我都五內如焚，更感肩頭責任之

重大。我熱切地期望，本書不止能教會更多人詩詞寫作，幫助詩詞愛好者寫出令自己滿意的作品，也能幫助更加廣泛的人群去欣賞詩詞，對那些不朽的作品悠然心會。事實上，任何一位學會了寫作的詩詞愛好者，都會發現自己的詩詞欣賞水平，會有很大的提昇。

今年是己亥年，一百八十年前的己亥，詩人龔自珍寫下了總共三百一十五首的《己亥雜詩》，詩中有「藥方只販古時丹」之語。本書也是販來的一粒「古時丹」，因本書所講的學詩的方法，早經兩千多年的詩文傳習的歷史所證明，的確是切實可行的。任何有志於詩學的人，只要肯按照本書所講的方法，勤於背誦臨摹，自不難寫出合格的詩詞，更不難對歷代名篇產生獨特的體悟。本書更希望能成為當代詩壇的一劑良藥，以醫治粗鄙、庸濫、淺滑的流行病。畢竟，詩的根本功用，是讓我們的心靈更加美好，只有不息地追求高雅，我們的心靈才能有向上的可能。

歲次己亥，節當小雪，徐晉如康侯父記於古宣武之麗隱樓

補記

舊所作《大學詩詞寫作教程》，十年前在香港花千樹出版有限公司梓行，更名《禪心劍氣相思骨 —— 中國詩詞的道與法》，至友穆如楊公，曾親任校讎之職。今者香港三聯版行《詩詞入門》，而穆如已不及見，追憶向時瀹茗夜話之樂，不勝黃壚之慟！穆如有《唐滌生的文字世界 —— 仙鳳鳴卷》，亦為香港三聯出品者。鴻雪因緣，可堪腸斷？

壬寅秋八月徐晉如又識

責任編輯　　張軒誦

書籍設計　　陳朗思

排　　版　　吳丹娜

書　　名　　詩詞入門

著　　者　　徐晉如

出　　版　　三聯書店（香港）有限公司

　　　　　　香港北角英皇道 499 號北角工業大廈 20 樓

香港發行　　香港聯合書刊物流有限公司

　　　　　　香港新界荃灣德士古道 220-248 號 16 樓

印　　刷　　美雅印刷製本有限公司

　　　　　　香港九龍觀塘榮業街 6 號 4 樓 A 室

版　　次　　2022 年 10 月香港第一版第一次印刷

　　　　　　2024 年 8 月香港第一版第二次印刷

規　　格　　大 32 開（132×210 mm）248 面

國際書號　　ISBN 978-962-04-5031-0

　　　　　　© 2022 三聯書店（香港）有限公司

　　　　　　Published & Printed in Hong Kong, China.

本書中文繁體字版由中華書局（北京）授權出版